诗以载道

单立洲 著

作家出版社

前言：诗以载道

单立洲

诗以载道。人们对某件事情感受到一个道理或情感，并将这个感受到的道理或情感用诗歌的形式记录下来，就创作了一首诗歌。从诗歌的创作过程自然看出，人们先感受到道理或情感，才有了诗歌创作，由此可见，诗歌是盛载道理或情感的载体。

当读者看到一首盛载着道理或情感的诗歌时，读者一定会被这首诗歌所感动、所启发，诗歌的文化价值和社会价值体现出来了。

众所周知，诗歌陷入低谷已经很多年了，究其原因，是很多诗歌创作者违背了“诗以载道”的创作原则。他们创作的诗歌没有盛载着道理，没有反映真情实感，没有反映社会现实，没有反映人民的喜怒哀乐，他们创作的诗歌充斥着抽象的思维和梦臆般的文字堆砌，广大读者看不懂他们的诗歌，他们的诗歌不具备文化价值和社会价值，他们将诗歌引向歧途。

在中国文学史上有著名的唐宋时期古文运动。唐朝文学家韩愈等针对当时只讲求声律、辞藻、排偶，却忽视思想内容的骈文，提出“文以载道”的主张，推崇先秦和汉朝的散文，认为这些散文质朴自由，以散行单句为主，不受格式拘束，有利于反映现实生活、表达思想，并进而推行古文运动，一扫文坛中脱离实际、空洞无物的文风，将唐宋文风引领到中国文学史上的新高度。

今天，针对目前一些诗歌缺乏思想、脱离实际等现状，我们应在诗坛上大力提倡“诗以载道”的诗风，提倡诗歌创作应以阐明道理、教化社会、服务大众为宗旨。诗歌创作要面向社会、面向生活、面向人民，讲事物理，发真实情，说明白话，用诗歌促进社会文化建设，启迪人们心向真善美，发挥诗歌应有的社会价值和文化价值，扫除诗坛中存在的没有思想、脱离社会、晦涩难懂、无病呻吟等风气，唯此才能使诗歌成为广大读者喜闻乐见的精神食粮，才能振兴中国诗歌。

当今浮躁的社会迫切需要诗歌的滋润。社会激烈的竞争给人们带来很大的压力，甚至带来消极的影响。诗歌是抚慰心灵的良药。通过诗歌，诗人将所获得的真理和感受告诉读者，启发读者的心灵，以使读者达到心明眼亮，神清气爽。

禅宗六祖慧能曰：“何期自性，本自清净；何期自性，能生万法。”浮躁的心灵，是疲惫、痛苦、愚蠢、空虚的，而清净的心灵，则是惬意、快乐、智慧、充实的。所以，六祖慧能说，人的本性是清净的。因此，人不能因外界的诱惑来扰动自己清净的本性，增加烦恼，应时常用诗文来滋润自己的心灵，使自己在浮躁和压力的氛围中，明确方向，端正态度，保持一颗清净心、智慧心。

前几天，我在下班的路上，看到许多中学生朝气蓬勃地从我身边走过，我不禁油然感到一种社会的责任。我自问自己，作为已过不惑之年的我应该为青年人做点什么，以卫护他们的心灵。在这个责任的感召下，我决心将我近年写的诗歌整理成册，并命名为《诗以载道》。

这本诗集收录我近年来所写的古诗体诗和自由体诗共337首，其中古诗体诗107首，分为明心篇、故乡篇、纵览篇等三个部分；自由体诗230首，分为启示篇、陶冶篇、梦回篇、触发篇等四个部分。

我对一些社会事件、历史事件等进行思考，从中体悟出了一些道理和思想感受，并将这些道理和思想感受写成诗歌。这些诗歌的题材包含社会、历史、故乡、风景名胜和人性等方面内容。

我写这些诗的格式一律遵循自然的思维逻辑习惯，加上一定的节奏而形成，我追求的是以思想和真情实感、朴素和自然打动读者。

这本诗集是我遵循“诗以载道”创造原则的具体实践，是我关注社会、发现真理、总结经验智慧的内心探索，是我的心努力耕耘的果实。我希望这本诗集能给读者一些启迪和思考，同时我希望这本诗集能够成为提倡“诗以载道”诗风的马前卒。

我相信通过众多诗人们的努力，中国的诗坛一定能掀起“诗以载道”的诗风，中国的诗歌一定能够复兴。

因本人水平有限，《诗以载道》中还有许多不足，望广大读者给予指正。

2011年4月

诗人的天赋源于责任和情感

——《诗以载道》序

张玉太

六零后北京诗人单立洲，曾发表过《清末启示录》、《两千一百万死难同胞祭》等诗歌。从这些诗题可以看出，他比较喜欢思考民族命运，两眼关注现实，是那种双脚站在大地上，很接"地气"的诗人。我读完这部《诗以载道》诗集后，我感到单立洲的双脚踏踏实实地站在现实的土地上，从厚重的历史、纷繁的现实当中汲取素材，融入自己的思考及情绪，进而凝结为一首首诗，日积月累，就有了眼前的《诗以载道》。

单立洲对诗歌有独立的见解，简言之，他是主张"诗以载道"的。他在这部诗集的《前言》里，对诗坛的现状似乎颇不以为然，他直言不讳地表示，诗歌陷入低谷已经很多年了，并痛切地批评很多诗歌创作者违背了"诗以载道"的创作原则，所创作的诗歌没有盛载着道理，没有反映真情实感，没有反映社会现实，没有反映人民的喜怒哀乐，而是充斥着抽象的思维和梦臆般的文字堆砌，使得广大读者看不懂他们的诗歌。对这类脱离实际的诗歌创作者，我曾联想起鲁迅先生嘲笑过的一种人——手抓住自己的头发，拼命地向上提，想叫自己的双脚离开地球。诗坛上这种幻想着“离开地球”的人很多，他们拼命想往象牙塔里钻，恨不得离地球、离人间烟火远远的，以为那样一来，就会创作出不朽的传世之作，甚或摘得诺贝尔文学奖，抱得金灿灿的奖杯，挣回沉甸甸的美元。实际上这不过是痴人之梦。单立洲对这类脱离实际的诗歌创作者直言指斥：“有的诗人/已被看成了怪物/谁也不知道/他们的葫芦里/到底卖的是什么药/他们写的诗歌/已被当成谜语/而且还不完全像谜语/因为它们/从来都没有谜底”（《有的诗人》）！他认为，像这样的诗歌，不具备文化价值和社会价值，会将诗歌引向歧途。他主张“诗以载道”，他自己在这方面也是身体力行，他所作的诗大都事理昭然，明白如话，通俗易懂。他甚至宣称：“我要用我的诗歌/建一座百姓随便步入的超市”（《朋友》）。

中国古代的诗歌历来就有“载道”传统，古人所谓“兴观群怨”，其中便涉及诗歌的“载道”功能，尤其在某些乱世，诗歌如匕首投枪，刺世疾邪，针砭时弊，于黑暗中呼唤光明，为漫漫长夜指示黎明，始终充当着时代的马前卒与布道者。屈原、竹林七贤、李杜、龚自珍，乃至于近代以来的南社、郭沫若，及至五四、抗战、四五天安门悼念周总理，诗歌总是走在时代最前列，以良知与热忱，发出自己的呐喊。凡有识之士，莫不将文学包括诗歌的“道”放在重要地位。唐代著名文学家韩愈等人所倡导的古文运动，即是针对当时空洞浮泛、华而不实的文风而发，他们大声疾呼，提出“文以载道”的主张，推崇秦汉散文的质朴自由，以期匡正世风，一扫文坛萎靡之气。究其实，也就是主张文学要摆脱形式的约束，真正地反映现实、表达思想，起到阐扬道理、教化社会的作用。那么，在当下，提倡“诗以载道”，如单立洲《前言》中所说，就是要“启迪人们心向真善美，发挥诗歌应有的社会价值和文化价值，扫除诗坛中存在的没有思想、脱离社会、晦涩难懂、无病呻吟等风气”，惟其如此，才有希望更好地传承诗歌的优良传统，使这一古老的文学品种发扬光大，历久弥新。

诗人认为，诗歌是抚慰心灵的良药。这不错。但是，诗歌又何尝不是疗治世道的砭石。由此观之，诗歌之功，实在是大得很，不可以小数视之。我们所处的时代，物质极大丰富，而精神文明屡现危机，甚至许多道德伦理的底线被粗暴地突破。看一看各种媒体所披露的问题，就知道今天的世界是多么地需要“大道”的回归了。然而，“大道”在哪里？我以为，所谓“大道”，正在我们每个人的心中。当前，社会上许多人尤其是老年人都热衷于信仰某种宗教，佛教或基督教，我对宗教素无研究，不知道对这种社会风潮是该欣慰还是该悲哀。但我知道，这是人们逃避现实的一种方式。为什么要逃避？是因为我们这个社会出了一些问题，或者说染了某种疾病。看不到疗救的希望，就消极地选择了逃避。这不能不引起我们的警醒。文学，或者说文化，对此不应失语，要发出警示的呐喊声。诗人单立洲似乎也崇敬“我佛”，他对禅宗六祖慧能的说教有着自己的领悟，并将这种领悟渗透到诗歌当中，因而他的诗无论是写社会、历史，还是写故乡、风物，“载道”之外，都还若隐若现地有着那么点空明的意境。

他写历史，充满忧患意识。“鸦片战争离我们是否已十分遥远，/那段生存危机可否让我们的灵魂警醒？/面对祖国的一山一水，一草一木，/我们是否做好了捍卫这一切的准备。”（《清末启示录》）联系到我们现在所处的风云变幻的国际坏境，诗人的笔墨无疑是“载道”的。他写历史人物刘邦，说他“不擅长运筹帷幄，决胜千里，/不擅长镇国家、抚百姓、给饷馈，/不擅长连百万之众、战必胜、攻必取，/只擅长海纳百川，大度能容，/所以能够亡秦、灭项、拥有天下”（《刘邦》），仔细推敲，感觉是言在此，意在彼，包涵了许多令人振聋发聩的画外音。即使是写最为寻常的题材，他也不轻浮地下笔，比如对童年，他这样写道：“从一样的天真无邪的童年/长成为了利益/而苦苦竞争的各不相同的成年/这种成长到底是喜还是忧”（《童年》），叫人读来心里不无沉重，但更多的是思考。这就是单立洲，一个满怀“载道”理想去认真创作的诗人。

他的自由体诗歌具有自然潇洒的风格，饱含着真情实感。他的古诗体诗歌同样如此。从他的古体诗上可以看到，他的激情自然而明朗地抒发，丝毫没有像某些古诗体诗所具有的晦涩难懂的通病。他的古体诗让人读来酣畅淋漓，使读者很容易达到思想共鸣。比如写琉璃厂，他写道：“琉璃厂，/清朝以来之文脉，京城古玩之宝盆。/近有文革红语录，远有商周青铜鼎。/汇集天下之文人，吸引四海之嘉宾。/琉璃厂外，/充斥鼎沸之喧闹，少有耕读之清静。/大师已去，何人跟进？/壮年时候，白发徒生！/四十四岁颜真卿，挥洒雄劲宝塔碑。/晋朝名士王羲之，兰亭集序无人追。/李白敢辞唐明皇，斗酒百篇头不回。/大师志，鼓动心，抬头满天朝霞辉。”（《琉璃厂》），比如写冬天，他写道：“君不见/寒风一扫轻柔气，大地宽阔天色明。/君不见/雪花挥洒成仙界，万里山川云中行。/人道春天花如海，我言冬天气如虹。/滴水成冰壮筋骨，狂风怒吼增奋勇。/敬佩松柏傲雪立，欣赏梅花苦寒雄。/柳翁孤舟钓江雪，玄德三顾雪片蒙，/红楼雪中吟佳句，主席沁园震蒋公。/曾经那/红军踏破两万五，雪山草地迎巨龙。/如今这/晶莹剔透冰世界，抖擞精神皆从容。”（《冬天颂》），等等。这些诗让人振作，让人乐观。

读了单立洲的《诗以载道》掩卷沉思，我认为单立洲所以能写出这种水准的好诗，是有原因的，那就是，诗人需要天赋，天赋来源于社会责任感和对一切事物的爱憎分明的情感的表现。

是为序。

（张玉太系中国作家协会会员、中国诗歌万里行组委会副秘书长、中国楹联学会理事、作家出版社诗歌编辑）

2011年8月18日

于北京和平里临风斋

目　录

故乡篇

纵览篇

自由体诗

启示篇

陶冶篇

梦回篇

古风体诗

明心篇

琉璃厂

琉璃厂，
清朝以来之文脉，京城古玩之宝盆。
近有文革红语录，远有商周青铜鼎。
汇集天下之文人，吸引四海之嘉宾。
琉璃厂外，
充斥鼎沸之喧闹，少有耕读之清静。
大师已去，何人跟进?
壮年时候，白发徒生!
四十四岁颜真卿，挥洒雄劲宝塔碑。
晋朝名士王羲之，兰亭集序无人追。
李白敢辞唐明皇，斗酒百篇头不回。
大师志，鼓动心，抬头满天朝霞辉。

2010 年 12 月 31 日

冬天颂

君不见
寒风一扫轻柔气，大地宽阔天色明。
君不见
雪花挥洒成仙界，万里山川云中行。
人道春天花如海，我言冬天气如虹。
滴水成冰壮筋骨，狂风怒吼增奋勇。
敬佩松柏傲雪立，欣赏梅花苦寒雄。
柳翁孤舟钓江雪，玄德三顾雪片蒙，
红楼雪中吟佳句，主席沁园震蒋公。
曾经那
红军踏破两万五，雪山草地迎巨龙。
如今这
晶莹剔透冰世界，抖擞精神皆从容。

2009 年 12 月 31 日

毕业二十周年回母校前夕所作①

驰骋疆场二十年，难关漫道只等闲。
心中常思母校训，耳边总响恩师言。
古城纯朴莲花香，青年路上鸿鹄展。
相聚母校谢师恩，同学跃马谱新篇。

2007年7月25日

相聚母校

离开母校二十年，今日相聚诉情怀。
老师喜看栋梁才，同学把酒皆慷慨。
南湖清风洗征尘，西陵松柏拂戎铠。②
篝火熊熊礼花艳，相约时日定回来。

2007年8月12日回京途中所作

① 母校华北电力学院位于古城保定青年路。
② 南湖、清西陵为保定的景点

天　路

神州巨龙腾云起，扶摇直上到月宫。
文明古国展英姿，全球华人气如虹。
东坡举酒弄清影，主席巨手揽九重。
嫦娥展袖赞今人，五千年来路畅通。

2007 年 10 月 24 日为嫦娥一号探月卫星发射所作

共闯难关

惊天动地举国瞻，山崩地裂汶川县。
教室屋塌脊背顶，老师捐躯学生安。
村长组织救乡亲，先顾大家能团圆。
灾难来临爱心挚，搜救生命运伤员。
山体滑坡蜀道断，灾区呼叫揪心间。
中央号令雄兵援，总理指挥第一线。
伞兵高空降灾区，尖兵拼死越山险。
劈山打通生命路，少年获救队礼献。
磨难一尺道一丈，城残业残心不残。
危急时刻冲向前，民众齐心度难关。

2008 年 5 月

天 道

心中常现四名山①，笔下时展五大洲。
拨开浮云悟天道，荣华富贵压船头。
举酒清风对明月，吟诵诗律度高楼。
智慧引出文泉涌，世俗浪里一轻舟。

2007 年 11 月 19 日

送老同学玉坤之冰城

北京站前饮烈酒，心中豪情暖冬寒。
宿舍曾经辩观念，特产分享味道甜。
跑道之上逐五千，图书馆里破万卷。
挥手站台登长路，醉梦能醒英雄剑。

2007 年 11 月 16 日

① 佛教四大名山。

南京祭

今天是南京大屠杀的忌日，写诗明志。

七十年前国都破，三十万人化骷髅。
刺刀面前知仇敌，赤手心中恨腐朽。
历史通篇强欺弱，世界何曾少争斗？
卧薪尝胆建强军，和平怎能忘敌寇。

2007 年 12 月 13 日

主席颂

为纪念毛主席诞辰 114 周年所作

韶山冲里立奇志，岳麓山下笑诸侯。
南湖谋画平天策，秋收唤起农奴仇。
横扫千军如卷席，万类霜天竞自由。
井冈山顶揽明月，天安门上震五洲。

2007 年 12 月 26 日

今悟“实践第一，学习第二”

新年已过四十一①，方知实践为第一。
知识藏胸皆无用，思考满脑转瞬迟。
深入三千诸世界，刻不容缓建功绩。
慧心指挥手与足，何暇书案吟古诗。

2008 年 1 月 18 日

奋　起

惊世一震山河碎，数万民众魂魄归。
昔日天府逍遥地，如今百万泪相垂。
地震警醒兴国志，祸患增长新智慧。
悲伤化作擎天力，中华民族奋起追！

2008 年 5 月 20 日

① 作者写此诗时，刚告别四十一岁，步入四十二岁，有紧迫感。

奋　斗

——向老师祝贺教师节

眼光万里遍全球，思想开拓应潮流。
清末民初屈辱史，奋斗百年摧顽朽。
长征万里从头越，上下求索志气遒。
正值桃李满枝时，古城深情涌心头。

2008 年 9 月 10 日

致神七

——写在神七即将发射之时

神七飞船访天宫，探索奥秘志气宏。
宇航英雄走太空，致礼上天多珍重。
中华民族心胸阔，尖端路上敢称勇。
气冲牛斗壮国威，国庆佳节喜气隆。

2008 年 9 月 25 日

庆祝母校华北电力学院建校五十周年

五十华诞路辉煌，华北沃土植栋梁。
伞塔①展开雄鹰臂，绿树掩映母校墙。
朴素充实青春志，赤诚培育桃李香。
报答母校唯勤奋，振兴中华英雄榜。

2008 年 10 月 31 日

读论语祝贺教师节

子曰学而时习之，仁义礼智信合一。
三纲五常立国本，铸就中华文明史。
至圣先师照长途，半部论语天下治。
孔子弟子三千人，今看弟子好几亿。

2009 年教师节

① 母校内耸立一跳伞塔，甚为壮观。

创 作

慧眼观世界，辨明美恶丑。
记录成作品，觉醒我神州。

2009 年 3 月 29 日

心 动

旗动与风动，原来心在动。
若事致心动，心灵受苦痛。

2009 年 6 月 2 日

规 矩

手握规和矩，建成方与圆。
心执道与德，社会推向前。

2009 年 4 月 24 日

知与行

知则出智慧，心明眼且亮。
此为一半功，行知功圆上。

2009 年 4 月 1 日

力与法

自然力无穷，万物为尘埃。
佛祖法无量，众生脱苦海。

2009 年 4 月 2 日

古人之志

悠然望南山，白鹿青崖间。
醉翁不在酒，与君一陶然。

2009 年 4 月 27 日

汶川地震周年祭

五月泪如雨，抬头望西南。
收拾旧山河，重整新汶川。

2009 年 5 月 12 日

屈　原

告辞世俗醉，江畔唱离骚。
国破秦兵入，节操映碧涛。

2009 年 5 月 27 日

园丁颂

自古圣贤皆园丁，推行大道天下宁。
孔子周游诸侯国，宣讲仁义授国君。
老子骑牛函谷关，留下救世道德经。
佛祖参悟菩提下，指点迷津度众生。
大江东去千百年，圣贤光芒永照心。

2010 年 9 月 10 日

观　月

明月高悬，君子仰之。洁润如玉，君子效之。
李白邀月，对酒三员。东坡问月，千里婵娟。
萧何月下，追信归汉。孔明月下，鼓风吹帆。
黄帝察看，日月循环。大禹治水，披月四边。
秦时明月，汉代雄关。皓月千里，古今皆然。
今月升起，心如玉璧。纵横上下，抚今追昔。
幸甚至哉，歌以咏志。

庚寅年中秋

单氏家训

吃饭二三两，买菜一二斤。
名利欲望苦，清净身心宁。
上班谋远虑，回家远荧屏。
经典作用心，挥毫出精品。
尊崇莲花品，看齐陶渊明。
睡觉十点半，早晨六点醒。
父母恩情重，尽孝记在心。
顺从教导语，道路正又明。
衷心敬祖辈，家族老寿星。
讲话如圣旨，方向掌舵人。
心中常相念，列祖列宗心。
殷勤希望嘱，奋发担重任。
教子循天性，轻松自然进。
奥赛学琴等，扰心必须停。
读书能四到①，知识掌握明。
学习有长进，须使全身劲。
溺爱出顽劣，奢侈坏秉性。
生活自打理，朴素呵性情。
长跑须坚持，树立吃苦心。

---

① 四到：心到、眼到、口到、笔到。

大风大浪中，磨难练英雄。
从小学圣贤，忠孝日常行。
立下兴国志，丹心照汗青。

2011年4月

庆祝新中国成立六十周年

踏遍九百六十万，畅游神州五千年。
炎黄尧舜禹汤周，秦汉唐宋元明满。
辛亥革命推帝制，十月革命炮声传。
星星之火燎原起，百万工农摧朽顽。
六盘山上红旗卷，风流人物看今天。
宜将奋勇追穷寇，敢教日月换新天。
开国大典巨龙腾，五星红旗正鲜艳。
乱云飞渡仍从容，六十周年稳如山。
五湖四海贺国庆，炎黄子孙阔步前。

2009年9月30日

雄伟的庆典

纪念碑响脚步声，人民英雄铸国魂。
国歌响彻九重天，五星红旗冉冉升。
将士雄壮势不挡，战机凌厉贯长虹。
游行花潮映笑脸，组字图案展青春。
天时地利与人和，六十大庆建新功。

2009 年 10 月 1 日

致老同学建东

大洋彼岸高材生，仍然一颗中国心。
少时携手齐声唱，青春挑灯共辛勤。
五一小学苹果香，十一学校银杏新。
球场争执挨批评，占地分享看电影。
二十春夏东西方，中年未减同学情。
往事历历如昨日，金秋十月正国庆。

2009 年 10 月 19 日

哀玉树

青海忽传玉树倾，大地震动心颤动。
十万百姓遭涂炭，多少生命没沙中。
十三亿人系青海，军民携手挽生命。
巍巍昆仑愁云密，青海湖水泪涌奔。

2010年4月15日

念奴娇　端午节

离骚九歌，惊天地，怎奈知音难遇。
怀王昏聩，自消受，楚国灭亡命运。
始皇英武，横扫六国，夸江山永固。
可怜二世，秦宫化为焦土。
扈江离纫秋兰，食朝露落英。
凤凰承旗，飞龙驾车，
向昆仑，求索尧舜美政。
汨江绝唱，响彻千百年，直抵心头。
嗟乎端午！拂泪糯米雄酒。

庚寅端午

悼念梁平老师①

惊闻恩师噩耗讯，心中顿然方寸失。
往事幕幕过眼前，悲痛阵阵袭心底。
风华正茂入直隶，玉兰盛开拜恩师。
炯炯目光前额阔，言谈和蔼暖心里。
课堂吹来潇洒风，讲台鼓起青春志。
晚上教室常辅导，生活冷暖总心系。
中流击水千帆进，恩师默默助全力。
二十余年闯天下，严师手下多贤士。
心向广州思恩师，如今心中遭重击。
珠江浩荡冲阻隔，悲伤沉重长哭泣。

2010年12月10日

---

① 梁老师是作者大学的班主任，后调到广州一所学校任教。

故乡篇

和俊儿回故乡兰州

兰州是我从小长大的故乡，我怀念姥爷姥姥对我的哺育之恩。

兰州故乡情满心，黄河奔腾增力量。
二老墓前诉悲伤，西津东路叹凄凉①。
五泉山上茶味浓，白塔山顶天雨畅。
汽笛一声踏征途，英雄泪水洒故乡。

2007 年 7 月 22 日回京火车上作

① 兰州西津东路之小西湖是姥爷姥姥居住的地方。

黄　河

黄河万马如雷电，席卷泥沙冲云天。
羊筏顺流双翅展，飞艇逆流白浪掀。
河中柳树绕涡旋，在河之洲作巨船。
铁龙卧浪扶摇起，白塔乘风法轮转。①
风烈烈，水漫漫。
眨眼飞流到天边，险滩沟壑何足谈。

2010年7月19日于故乡兰州

① 黄河横贯兰州市，铁龙为兰州中山铁桥，白塔矗立在黄河北岸白塔山上。

五泉山品茶

五泉山上燕婆娑，相聚品茶香满坡。
山伸双臂护众生，河汇万溪润田禾。
俯看兰州景色秀，故乡情深胜黄河。
回乡却忧离乡日，喜忧参半心上搁。

2008年7月18日于故乡兰州

严冬登五泉山①

五泉山似天银宫，清静肃穆露慈容。
圣人孔子垂教示，极乐导师度苦众。
大雄宝殿佛祖明，药师弥勒观音勇。
天气越冷越精神，脚步越走越轻松。

2008年2月2日于故乡兰州

① 五泉山位于兰州市的南面。

兰州雪中祭奠姥爷姥姥

天地茫茫阳光照，河山素裹披庄严。
二舅二姨和三姨，率众孩孙爬雪山。
半尺厚雪踏开路，直至二老坟墓前。
敬香敬果燃纸钱，敬烟敬茶奉糕点。
齐跪坟前九叩首，深谢二老恩如山。
团聚坟前品贡果，二老慈爱暖心田。
往事历历涌眼前，心中哀痛泪如泉。
扶老携幼下山去，清香充满众雪山。

2008年2月2日于故乡兰州

清明节回北戴河祭祖

清明时节回故乡，拜祭祖先泪双行。
少年聆听祖父言，中年时常暖心上。
夏卧土炕山村静，半夜不知赶海忙。
清早窗前鸟雀叫，闻开院门卸鱼筐。
拍打尘土嗓音亮，红光满面鬓发霜。
山上骆驼①仍寂寞，海边村庄徒惆怅。
细摸院门叹往日，静坐土炕念苍凉。
水缸风箱灶台冷，观望大海知恩长。

2008年4月3日于故乡北戴河

① 故乡山上有一巨石状如骆驼。

今夏回兰，忆当年夏日

故乡当年月满院，凉风吹拂入心田。
灯光映照窗棱影，竹帘透过座钟弦。
二老慈祥讲典故，孙辈仰头望天仙。
大门关闭木杠合，清香缕缕睡梦甜。

2010 年 7 月 17 日于故乡兰州

五泉山

登高一望棋满盘，身在青山度悠闲。
掬月泉水照云影，香炉缭绕腾轻燕。
一笑一容弥勒智，半睡半醒卧佛眠。
心中无味才知味，五味何能比五泉?

2010 年 7 月 14 日于故乡兰州

小西湖

位于兰州西津东路小西湖的姥爷姥姥的故居被拆迁，心痛之。

今回故乡小西湖，乐园拆成瓦砾土。
北山沉默隐云雾，黄河激荡奔长途。
四十二年①神圣地，风吹雨打笑傲度。
二老教导心中执，故园丰碑万年驻。

2008 年 7 月 19 日于故乡兰州

① 作者写此诗时，值四十二岁。

黄　河

黄河滋润我心田，清风芳香拂我面。
河岸草坪空竹①响，山下柳树水车转。
西湖公园②盛五湖，五泉山上容万泉。
兰州亲人同举酒，大河东去乡月圆。

2008 年 7 月 19 日回京途中

① 黄河岸边有许多老人抖空竹，成一道令人赞叹的风景。
② 西湖公园位于兰州小西湖。

京城遥祭姥爷姥姥

京城望故乡，心中涌悲伤。
二老离别日，想念每日长。
拄杖言骨气，戴镜读文章。
缝衣说典故，盘腿讲忠良。
黄河二月二，洗润我脸庞。
黄河六月涨，放鸭河中央。
七岁学龄时，为我学业想。
送我回京城，忍痛嘱希望。
回兰奔进院，二老笑声朗。
急跪二老前，身心沐慈祥。
离乡别二老，地昏天无光。
二老催前途，泪水倾盆降。
恩情暖万年，教导爱无疆。
过去何曾去，死生不能挡。
圣地小西湖，永远刻心上。
忽觉泪水冲，初春正寒霜。

2009 年 4 月 2 日

登白塔山

白塔山，云中殿。
青烟袅袅丛林连，石道弯弯鸟盘旋。
庙宇梵音涤尘埃，白塔巍峨矗峰巅。
元朝高僧朝可汗，路经金城入涅槃。
黄河北岸耸仙山，起塔七级保平安。
放眼望，天下览。
大河冲出沃土原，百姓依水绕青山。
昔日挑水黄河边，沙滩菜花伴炊烟。
今日高楼密林立，滨河大道车如箭。
天下事，皆一般。
登高摆脱凡俗境，品茶仰观白云翩。

2010 年 7 月 20 日于故乡兰州

纵览篇

拜访包公祠

荷叶茂密腾清香，河水充沛润祠堂。
铁面无私扫奸佞，色正芒寒护朝纲。
廉泉能察太守病，莲藕已无丝线长。
仁宗不应侧身听，宋朝有幸伴忠良。

2009年8月13日于合肥

登清风阁

包公河绕庐州城，清风阁立青天门。
一片忠心撑宋朝，两眼威严护乾坤。
官小尤能参宰相，位卑仍敢打龙身。
纵览周围繁华地，心长双翅到开封。

2009年8月13日于合肥

与矫兴东瞻仰包公墓

河水宽阔蝉声鸣，神碑肃立石人迎。
供案忽听惊堂木，树林又传威武音。
铮铮铁骨铸青史，浩然正气贯皇廷。
青草丛中一注香，忠魂巍峨振心灵。

2009年8月13日于合肥

与张粟裕参观李鸿章故居

湘军兴起淮军系，秀全遭逢少荃敌。
洋务运动开先河，北洋水师葬海底。
马关条约失台湾，辛丑条约灭国体。
北洋大臣正一品，府第森森罩雾气。

2009年9月24日于合肥

五台山登黛螺顶

驻立黛螺顶，俯看台怀镇。
白塔拂尘埃，金殿明心灵。
香气悠然升，梵音陶然吟。
众踏千里路，戏进五爷门。
五台起清风，苍翠拥仙镇。
云舟驶山峰，雨露灌头顶。
显通显智慧，清凉清炽情。
利字须当心，色字须警醒。
见利飞罗网，到头一场空。
见色入泥潭，最终背裂名。
烦恼化解地，顿悟见清净。
找寻文殊影，心中感遇深。
菩萨本清静，入山静修身。
山门何曾闲，众生紧紧跟。

2009 年 11 月 17 日

游青岩古镇

城门洞开明清韵，老店酿出百味真。
迎祥寺中吉祥迎，壮烈将军状元兴。
站在城楼观山景，青山对面诉衷情。
织布打糕葫芦声，世外桃源又一村。

2009 年 12 月 18 日于贵州

朝阳公园赏荷

荷花婷婷立水中，荷叶静静托珍珠。
水清照彻赤诚心，花香指引极乐途。
微雨蒙蒙入仙境，草木青青欣然舞。
一跨南门喧声起，才知园内最知足。

2007 年 8 月 26 日

游香山碧云寺

佛祖脚下心清静，观音面前见慈悲。
文殊普贤教智慧，势至地藏赐武威。
五百罗汉皆相助，一条大道展翅飞。
香山路上沐清香，烦尘一去现花蕾。

2007 年 9 月 7 日

冬日散步转河[①]图

柳叶如船渡水上，芦花似絮舞风中。
觅食麻雀石边飞，冬日阳光照晴空。
河清只因鲤鱼歇，壁立却为石龙腾。
岸边薄冰退寒气，树上枝条蕴桃红。

2007 年 12 月 3 日

① 转河为北京的一条河，流经西直门。

午进中山公园

中山先生威然立，辽朝松柏神色新。
社稷坛供五色土，庙堂殿映七彩锦。
护城河面冰如镜，柳树枝条闻雀音。
金光铺开青石路，幽静盛载古贤心。

2007 年 12 月 9 日

雪中观景

今晨，北京迎来入冬第一场雪，虽小但可爱。

天空雾漫雪花滴，大地渐肥草愈稀。
青松傲雪现硬骨，柳树耐寒垂韧枝。
怕惊麻雀绕路走，心疼芦苇沾岸泥。
河水清澈向东流，寒风吹来送春气。

2007 年 12 月 10 日

游香山值闭园

红墙灰瓦传梵音，喜鹊鸣唱互相追。
庙门虽掩清静地，香山依旧放光辉。
寒风骤起天愈清，两旁店铺渐沉醉。
忽觉已然叩佛足，乘车畅快大路回。

2007 年 12 月 29 日

漫步雪中

雪花扑面花如粉，花粉满天随风舞。
草木沉醉沁香气，喜鹊悠然栖高树。
冬天自有冬天妙，凛冽寒风强弱骨。
河上滑雪且溜冰，苍天挥洒释忙碌。

2008 年 1 月 17 日

与臣太兄游东湖

东湖跟随主席路，水清林幽向四方。
指点江山定宏图，心系人民国力强。
湖水起舞金光闪，喜鹊歌唱梅花香。
故居①门前磅礴气，乘风思绪上井冈。

2008 年 2 月 26 日于武昌

午观赏街边花卉

迎春花开淡雅色，桃花满枝争第一。
嫩柳抛撒绿瀑布，喜鹊又来诵新诗。
天地运行生万物，万物生长依天地。
人心难循天地法，世界时时风浪起。

2008 年 4 月 14 日

① 故居为当年毛泽东主席在东湖办公的地方。

游秦淮河

夫子庙前定心智，彩船入画秦淮河。
河水静静送微风，古宅幽幽透弦歌。
才子佳人痴情处，悲欢恩怨奈若何。
当年若扫温柔色，明朝不被清兵折。

2008 年 6 月 17 日于南京

游濠河

一舟夜半逐清波，丛林岸上露光明。
驾船老翁谈典故，相聚三友赏美景。
入海长江凭潮力，自然升降绕城行。
南通自能通四海，濠河亦可展豪情！

2008 年 6 月 17 日于南通

元宵节

明月巡游照神州，清辉滋润树枝头。
礼花腾云迎新春，鞭炮连珠贺金牛。
元宵圆圆浮玉碗，灯笼彤彤挂四周。
天亮一轮红日升，勤牛快马遍地走。

2009 年 2 月 9 日

午过转河

暖风吹过枝条舞，转河冰面盛玉珠。
天地和气畅胸怀，万道金光驱寒露。
清静度过日日时，自然走出条条路。
岂言偏爱春色艳，仍恋寒冬冰肌肤。

2009 年 2 月 10 日

雨融冰

冬天百日雪无痕，农民望田心内焚。
春打六九冬未去，今年土地奈何耕。
进城偏遇返乡潮，留村徒遭投入增。
东风不忍怜农苦，提早降雨融寒冰。

2009 年 2 月 13 日

春　雪

雪花漫舞喜鹊鸣，松枝沐浴颜色青。
国旗飘展透威严，天地广阔通直行。
苍天已降怜农雨，今何又释鹅毛情。
去冬或许雪忘攒，补撒春日万里银。

2009 年 2 月 17 日

初春诗（七首）

（一）

冰开清水动，轻盈露笑容。
卷起玉锦被，藏入水波中。

2009 年 3 月 4 日

（二）

阳光照草丛，鸟雀戏其中。
桃树增颜色，点点满枝红。

2009 年 3 月 10 日

（三）

树木长绿芽，周围簇黄花。
街边有风景，何必寻天涯。

2009 年 3 月 11 日

（四）

拱桥跨河面，腾龙舞石壁。
水中鱼鳞闪，残冰入河泥。

2009 年 3 月 11 日

（五）

微风落桃花，树下草发芽。
诗情春天里，仍伴无情画。

2009 年 3 月 24 日

（六）

桃花随风去，叶芽郁郁出。
都言花为主，却见花为奴。

2009 年 3 月 24 日

（七）

初春寒风骤，柳枝舞长袖。
潇洒蕴刚劲，枉称风摆柳。

2009 年 3 月 24 日

古　画

路边寒枝闪春光，草地点缀雪芬芳。
蓝天一望全身暖，心回古代诗情长。

2009 年 2 月 20 日

平时月

明月净心灵，天空蓝晶晶。
今日未逢节，喜悦自然生。

2009 年 3 月 31 日

林中桃花

桃花林中开，淡雅自芬芳。
扫除尘埃氛，默然放清光。

2009 年 4 月 1 日

清明节

清明天地静，清醒且聪明。
阴阳两世界，此日通心灵。

2009 年 4 月 4 日

泛舟湖上

船行踏桨声，水动清风吹。
嫩柳绕堤立，身心皆陶醉。

2009 年 4 月 4 日

土中根

椿树发茸芽，微风见潇洒。
应知土中根，辛苦吸水花。

2009 年 4 月 6 日

香山诗（三首）

香山松

上山入松涛，下山潜花香。
百年古松壮，经历清朝亡。

2009 年 4 月 12 日

静翠湖

山披五彩颜，筝鸣翠湖边。
此处风光美，指点我江山。

2009 年 4 月 12 日

勤政殿

勤政殿已空，龙飞龙椅留。
高悬乾隆匾，笔锋仍依旧。

2009 年 4 月 12 日

垂钓翁

河边老翁坐，垂钓心神怡。
长线坠弯钩，水中藏杀机。

2009 年 4 月 15 日

雨　舞

启窗雨丝舞，众树绕薄雾。
尘埃拂拭去，清香润坦途。

2009 年 4 月 23 日

观　花

雨过风吹疾，花飞落满地。
枝头鸟雀鸣，不管树下泣。

2009 年 4 月 24 日

五一节致喜民友

青山绿水边，且歌且咏诗。
日暮乘兴归，孔子最支持。

2009 年 4 月 30 日

观　湖

湖中水面波连波，岸上柳树枝摇枝。
天边浮云悠闲度，华发未怨壮志迟。

2009 年 5 月 1 日

雁栖湖

青山上仙境，湖水滋榭亭。
远离俗尘气，众鸟悦耳鸣。

2009 年 5 月 23 日

玉 兔

家中白兔腿脱臼伤愈，甚喜。

春色腾旺气，鼎沸万物声。
玉兔脱臼愈，活泼跳东风。

2009 年 4 月 6 日

云锦袈裟

闻云锦袈裟为极品，为金线与锦缎所织，故作此诗。

云锦本无布，袈裟亦非穿。
本来无一物，何需织金线。

2009 年 6 月 9 日

观日全食

京城大雾云层积，全国举目日全食。
长江流域现日冕，台湾宝岛见偏食。
明月反射太阳光，偶转日前遮霎时。
拨月见日叹神奇，大雨巨雷庆欢喜。

2009 年 7 月 22 日

央企聚合肥

天鹅湖水映翡翠①，庐州齐聚众央企。
安徽谋画百业兴，发力中部志崛起。
黄梅戏展文化韵，黄山松腾精神气。
徽墨飘香铺宣纸，纵横驰骋大手笔。

2009 年 12 月 22 日于合肥

① 合肥市有天鹅湖、翡翠湖。

合肥遇百余兄

庐州惊叹十年匆，曾经开封赏菊丛。
包拯忠节照九州，无奈宋帝多昏庸。
故朝兴衰自然事，唯有江山一样同。
新年瑞雪兆丰年，何时举杯论英雄。

2010 年 1 月 4 日

妙手回春

欣闻中国男足大胜韩国队，三十二年恐韩症终结，不禁赋诗一首。

中国男足恐韩症，三十二年病缠身。
屡战屡败奈若何，巨资耗尽徒伤心。
打破足坛揭黑幕，黑哨假球赌博风。
刑拘足协领导人，大胜韩国三比零。

2010 年 2 月 11 日

沙尘暴

初春刚至起沙尘，铺天蔽日压京城。
鸟雀觅食依然飞，桃花含苞自在春。
冰河已融清水涌，柳树返青枝条韧。
黄沙岂可暗心灵，且伴黄沙沐春风。

2010 年 3 月 22 日

游西园

圣旨高挂荣恩匾，廊道齐刻功绩言。
肥粱瘦柱云霞殿，木雕金饰吐雾间。
三元桥跨鲤鱼池，钟鼓相和大观园。
读书为通升官路，空留徽州一宅院。

2010 年 4 月 16 日于合肥

又访包公祠

包公河畔层林染，正气直上九重天。
爱民首立鸣冤鼓，赈灾开仓扶倒悬。
心如日月驱黑暗，目似山泉冲遮拦。
宋朝虽然被元灭，忠臣千古照人间。

2010年11月10日于合肥

香　山

元旦西郊登香山，天清气爽未觉寒。
池中金鱼藏冰聚，树上百鸟对语欢。
入耳梵乐启新智，进寺阳光动心弦。
忽觉般若波罗蜜，藏在此山林中间。

2011年元旦

西双版纳

西双版纳西南陲，林海茫茫云气旺。
花草清香涤凡尘，山谷幽静入梦乡。
使君子树冲千丈，古藤如蟒从天降。
象群悠然出林间，孔雀翔集百鸟唱。
木兰茂盛竹林密，瀑布挂帘飞珠光。
巨树倒地，藤缠树伤。
自生自灭，自然绵长。
叹人力多徒然，费心机皆虚枉！
昔闻松赞干布与文成公主之美谈，
今睹傣族王子与孔雀公主之绝唱。
入傣村，惊讶哨哆哩①之柔中有刚；
进山寨，陶醉爱伲族之热情奔放。
澜沧江水，浩浩荡荡；
茶马古道，通向四方。
入夜闻仙曲，悠扬韵味长。
一首葫芦丝，送我到北方。

2011 年 3 月

① 哨哆哩是傣语，意思是“靓女”。

至圣先师

诸侯争斗礼乐崩，征伐杀戮命悬蓬，重利轻义乱象深。
孔子一文人，天降大任于斯人，奔波劳苦救苍生。
行仁义，创儒学，周游列国正人伦。
复周礼，克人欲，己所不欲勿施人。
著春秋，彰善恶，乱臣贼子无匿形。
集诗经，风雅颂，三百画卷明心灵。
教弟子，过三千，高徒七十二贤人。
两千年，仁义礼，横贯古今中华魂。
修身齐家平天下，多少丹心照汗青！

2011 年 4 月 17 日

春　风

浩荡冲四方，声浪惊天响。
摇醒眠冬梦，横扫冰雪霜。
快过离弦箭，眨眼入村岗。
山河万千里，沐浴皆辉煌。

2011年4月

游溪口镇

溪口镇绕溪水流，雪窦山拥云雾游。
丰镐房中思周王，直隶军校学勇谋。
追随中山同舟计，创建黄埔军力遒。
武夫少有容人量，商子只算睚眦有。
张杨冲冠发兵谏，才挽中华危难忧。
文昌阁，跳水台，寓理帅气空墨留。
学良将军幽禁处，怒望山下武岭楼。

2011年5月13日于宁波

鸭绿江

鸭绿江边望朝鲜，虎山长城忆烽烟。
明朝冤杀袁崇焕，清兵直入山海关。
倭寇垂涎箕氏国，甲午侵华掠主权。
中堂若不挪军费，不修太后颐和园，
水师或许不惨败，朝鲜版图能保全。
抗战胜利日，朝鲜分北南。
纬度三八线，苏美各一边。
统一朝鲜内战起，仁川登陆北方险。
求助急电惊中原，保家卫国势如箭。
横扫联军十六国，三年停战三八线。
丹东城，楼参天。新义洲，树连绵。
断桥处，驰游船。纪念碑，立云端。
朝鲜女，歌舞妍。中朝谊，稳如山。
主席挥手定世界，洗去清末屈辱颜。

2011 年 5 月 27 日于丹东

飞天颂

读妈妈的校长——南丁格尔奖获得者黎秀芳的传记《大爱无垠》，感动得我几次落泪，不禁写诗一首。

飞天下凡一女神，救死扶伤护苍生。
枪林弹雨不顾身，冲锋陷阵救生命。
辗转苦难赴兰州，创办护校建奇功。
土坯房里编教材，牛棚檐下铁骨铮。
全心倾注育桃李，企望人间处处春。
三级护理三七制，丰碑傲然立苍穹。
离尘将军之长女，毅然抛弃富贵门。
南丁格尔之化身，舍去私爱担重任。
大爱无垠九十载，捧读几度热泪盈。
谁言木兰已远去，西北高擎爱明灯。

2011 年 6 月 20 日

诗人饮酒图

时局动荡诗句秀，仕途坎坷诗魂遒。
古今诗人趣相同，不爱官位爱美酒。
五斗谷米岂折腰，明皇翰林怎低首。
东坡把酒问青天，放翁吟诵黄縢酒。
官场多虚伪，不入本真眸。
归园种桑麻，出门上山丘。
举酒常邀明月镜，提笔尽怜百姓忧。
天地灵气万物雄，诗酒豪情百篇就。
气壮长江三万里，名垂四海九雄州。

2011 年 6 月 1 日

格物致知

格物致知终知己，苦乐滋味由己起。
追权逐利终日苦，贪恋享受罪深迷。
天高地阔开心境，不住红尘脱樊篱。
智定神闲迎风浪，沧桑怎奈入云石。

2011 年 6 月 1 日

神游汨罗祭屈原

汨罗江水冲险滩，波涛翻滚涌诗篇。
尽吐心中忧愤事，奔腾万里到天边。
怀王已昏暗，朝廷变凶残。
偏信奸臣谗，宠幸妲己言。
放逐屈原去，秦入虎狼餐。
自古皆如是：
昏君必予奸臣欢，昏君必予忠臣冤。
屈原江边作离骚，心忧国政暗无前，
痛惜将倾楚熊殿。悲愤投江尽忠节，
清白而来清白还，留下诗魂矗峰巅。

2011 年 6 月 6 日（辛卯端午）

自由体诗

启示篇

清末启示录

一

从第一次鸦片战争到第二次鸦片战争，
从沙俄侵略东北到侵略西部地区，
从中法战争到中日甲午战争，
从八国联军侵华到日俄战争的爆发，
祖国一次又一次地被列强瓜分，
民族一次又一次地被屠杀与奴役。
“南京条约”、“望厦条约”、“黄埔条约”，
以及“天津条约”、“北京条约”、“瑷珲条约”，
还有“马关条约”、“辛丑条约”，
都是一部部满载祖国屈辱的卖身契，
都是一条条张着血盆大口的凶残猛虎，
争相吞噬着祖国本已孱弱的身躯。

二

当英国已经开始资产阶级革命的时候，
清朝的臣民们还在匍匐于地山呼万岁；
当蒸汽机推动着西方工业飞速发展的时候，

中国依然停留在自给自足的小农经济；
当西方列强的轮船已行驶到地球任何一块水域，
清朝仍然沉醉于闭关锁国的天朝美梦。
当坚船利炮造就着日不落帝国的时候，
中国依然沿袭战马和大刀长矛守卫疆土。
这贫弱的国门怎能阻挡强寇的闯入，
经济落后腐朽专制的国家，
怎能摆脱被外国列强侵略的命运。

三

民族的生存是国家至高无上的原则，
是每一个国民生存的首要前提。
鸦片战争离我们是否已十分遥远，
那段生存危机可否让我们的灵魂警醒？
面对祖国的一山一水，一草一木，
我们是否做好了捍卫这一切的准备。
让我们每一个青年都熟知祖国的历史，
将它清清楚楚地展现在脑海，
让我们每一个青年都拥有一张祖国的地图，
将她深深地印在心中，把目光投向
那些边远落后的地区，
那些还没有摆脱贫穷的人们。
让我们每一个青年都拥有一根连接祖国的血脉，
用我们朝气勃发的心，

把青春与热血源源不断地
　　输向我们祖国辽阔的胸怀。

（原载《江河文学》2000 年第一期）

太平天国

开始是一条波澜壮阔的大河
后来逐渐被分化成几条河汊
然后各奔西东
直至最后
全被黄沙吞没

2002 年 6 月

汨罗江

汨罗江是一条普通的江，
每逢五月初五，
汨罗江就不再是一条江，
而是一首长长的诗歌，
这是屈原的最后一首诗歌，
是他用生命在铺开的宽阔江面上写成。
如果没有这首诗歌，
人们至今不知道楚国有个大夫叫屈原，
如果没有这首诗歌，
人们就更不知道还有离骚与九歌。

2002年6月16日

文天祥

蒙古铁骑的风卷残云
无法撼动你的丹心
已投降的宋帝劝你投降的圣旨
无法左右你坚守的职责
你的生命因大义凛然地舍去而与日月同辉

中华民族
正是有了无数文天祥的浩然正气而永远屹立

2011 年 7 月 21 日

曾国藩

你平定了太平天国
挽救了朝廷
你因此权倾朝野
却功成身退
你厚厚的家书
已被奉为立身处世的经典
修身齐家治国平天下
被你反复告诫了无数次
然而你的治国
是为了腐败的朝廷能够继续统治
你的平天下
是把那些平天下的人一律剿尽

2002 年 6 月

李鸿章

你完全可以拒绝在那个卖国条约上签字
只要不再顾惜头上的顶戴花翎
或者舍去生命
名垂青史
然而你依旧坐着八抬大轿
浩浩荡荡
前去应付残局
结果在途中
还挨了日本刺客重重的一击①

2002 年 6 月

① 李鸿章在日本签订丧权辱国的马关条约时曾被日本刺客开枪击伤。

崇祯皇帝

历史选择了你
并不是让你改变历史
因为历史
已经无法偏向其它的方向
你的智慧
你的勤奋
不知不觉中
注定转化为另一种愚昧
无法逃脱
与昏君同样的命运
最后
你也只得
化作煤山脚下的一缕孤魂

2002 年 6 月

故宫其实早已成为一片废墟

故宫其实早已成为一片废墟，
虽然它是那么雄伟，
那么名扬四海。

当腐朽专制使它
成为策划镇压农民起义的最高指挥中心，
当鸦片战争使它
成为向侵略者卑躬屈膝出卖国家利益的场所，
它就已经寿终正寝，
已经成为一片瓦砾，
弥漫着
死亡，黑暗。

走进故宫，
其实是走进了一片废墟。

2002 年 6 月

走进故宫

走进午门
走进太和殿
走进乾清宫
也
走进了鸦片战争
走进了太平天国起义
走进了百日维新
走进了垂帘听政

终于
走出了最后一道沉重的宫门
挥手告别这段沉痛的历史

2002年6月

宋　江

打着替天行道的大旗
把走投无路的众兄弟聚集到一起
却根本不清楚
替什么天行什么道
最终
把梁山兄弟全献给了朝廷
换回了
一官半职
和一壶毒酒

临死
还把毒酒
分给了对自己最忠诚的兄弟

2002 年 6 月

刘　备

因为是皇帝的叔叔
所以就可以名正言顺地
号令天下讨伐逆贼
诸葛亮纵有经天纬地的本领
也只得高卧隆中
等待着你的三顾茅庐
所以你拥有了三分之一的天下
只是在汉天子被逼迫逊位
汉家天下行将改换门庭的时候
你却忘记了自己是皇帝的叔叔的身份
不去征讨这一大逆不道
而是调动大军向着江东发起进攻

2002 年 6 月

项 羽

有人说
如果你在鸿门宴杀了刘邦
你就不会有自刎乌江的下场
然而
你的残暴
你的刚愎自用
即使你在鸿门宴杀了刘邦
也还会有像刘邦这样的人与你作对
最终你还会听到四面楚歌

2002 年 6 月

皇 帝

其实当皇帝是件很可怕的事情
因为皇帝总是要冒着被推翻杀害的危险
即使自己不被推翻杀害
那么他的后代子孙继承了皇位
每一代也要冒着被推翻杀害的危险
直至那个末代皇帝被新皇帝推翻杀害
而新皇帝登基
又开始了与前朝的皇帝们完全类似的命运

几千年的历史说明了一个简单的道理
把天下据为自己一家人所有
总有一天会遭到天下人群起而攻之

2002 年 6 月

修身齐家治国平天下的另一种解释

关于修身齐家治国平天下这句话，
历来都是这样解释，
只有先修身，先立人，
才能齐家，才能治国，才能平天下，
修身立人是基础，其它三项是目的。
而我却有另一种解释，
修身立人是目的，而其它三项是基础，
难道不是吗？
家齐了，人不就立起来了？
国治了，人不就立起来了？
天下平了，人不也就立起来了？

2002年6月

历史总是前进的

翻开历史
经常看到
正义被邪恶所吞噬
那时的社会特别昏暗
令人叹息

合上历史
又觉得整个历史
像一个坚韧不拔的行者
虽然受到各种伤害
但时刻没有停留
总是不断前进
这又令人为之欢欣鼓舞

2002 年 6 月

假设给红楼梦续另一种结尾

假定把高鄂续的红楼梦的结尾反过来
让贾宝玉与林黛玉结为夫妻
而深爱着宝玉的薛宝钗
却在宝黛结婚的那天死去
那么红楼梦的结局该是怎样

按照贾宝玉多情善感的性格
按照林黛玉纯洁善良的心灵
他们都会为薛宝钗的死而深深地愧疚
从此背上了这条生命的沉重负债
黛玉肯定要同宝玉离婚
否则她就不是林黛玉
宝玉也肯定会出家
否则他也就不是贾宝玉

2002 年 6 月

邓世昌

当致远号被鱼雷击中
庞大的船体
慢慢地消失，下沉
你
不顾一切地追赶它
这个
可以向倭寇猛烈开炮的铁甲舰
像一束灵魂
紧紧地追随
自己
即使是已经死亡了的身躯

2002 年 6 月

武则天

为什么你为自己立了一块无字的墓碑?
史书上不是记载
你是中国历史上唯一的女皇,
在执政期间作出了相当的贡献?
难道这一切政绩
都换不来墓碑上的一个文字?
然而,
当知道你是
靠用你自己的手掐死自己刚出生的女儿
来一步步谋取了皇位
那么
所有的人都会认为
你连立这块无字石碑的资格都没有

2002 年 6 月

秦始皇

也许没有你的残暴
你就不能统一中国
然而又由于你的残暴
你就有了焚书坑儒

所以你的本想传至万代的皇位
也仅仅传到第二代

2002 年 6 月

李　斯

过人的聪明才智
直可惜是为了成为一只官仓里的硕鼠
权倾天下的地位
直可怜却不能牵黄犬，逐狡兔

2002 年 6 月

刘 邦

一个好酒及色的泗水亭长，
一个仁而爱人的沛县县长，
不擅长运筹帷幄，决胜千里，
不擅长镇国家、抚百姓、给饷馈，
不擅长连百万之众、战必胜、攻必取，
只擅长海纳百川，大度能容，
所以能够亡秦、灭项、拥有天下！

2011年3月29日

赞李冰父子

——观都江堰有感

许多人创造了伟大
许多伟大最终成为历史
而你们创造的伟大
却没有变成历史
而是永远地成为现实

2002年6月

关于宋徽宗的一幅画

最近有一幅宋徽宗画的画被拍卖
价格达到三千多万
还说这是艺术珍品物有所值

宋徽宗不就是那个昏庸的皇帝
因为沉缅于笙管笛箫花鸟虫鱼
而将皇位传给了同样昏庸的宋钦宗
最后双双作了金兵的俘虏

宋徽宗将治理天下的时间
用来潜心研究绘画造诣
而将天下安危抛到九霄云外
致使大厦倾倒生灵涂炭
他的画
即使达到了多么高的水平
其实也是不值一文

2002 年 6 月

古建筑

那些古建筑——
各朝各代的王府
以及封疆大吏的宅第
至今还雄伟壮观
依然显示着
昔日的华贵与威严
而这些古建筑的主人
他们的后代子孙们
早已走出深宅大院
步入寻常百姓家
过着寻常的生活
成为寻常百姓

2002 年 6 月

杜 甫

虽然你的茅屋
被秋风所破
但你却一心渴望
安得广厦千万间
大庇天下寒士俱欢颜
吾庐独破受冻死亦足
所以你的茅屋
直到今天
依然风雨不动安如山

2002 年 6 月

李 白

曾经
仰天大笑出门去
我辈岂是蓬蒿人
然而
停杯投箸不能食
拔剑四顾心茫然
后来
钟鼓馔玉不足贵
但愿长醉不复醒
最后
李白斗酒诗百篇
长安市上酒家眠

2002 年 6 月

再过五千年

再过五千年，
这座星球不知还要诞生多少伟大的人物，
这些伟人会不会多得数不胜数？
到那时，
历史的书卷会不会厚重得无法搬动？

其实大可不必为此担心，
伟大的人
不是非得让人记住，
历史
永远都是一条简单的河流。

2002年6月

又有一个古墓被发现

最近又有一个古墓被发现
和长沙马王堆出土的一样
埋葬在墓里的主人身体保存依然完好
还有大量的陪葬品
正在被考古学家进行深入研究

墓的主人
为了让自己死后仍享荣华富贵
就建造了如此宏大的墓穴
但肯定没有想到
这样以来
也就注定逃不过被挖掘的命运

2002 年 6 月

岳 飞

你能够
壮志饥餐胡虏肉
笑谈渴饮匈奴血
也能够
驾长车踏破贺兰山缺
但无法
朝天阙

2002 年 6 月

周口店

就这样
一直原始、荒凉下去
因为就是
凭着原始与荒凉
才孕育出文明
才孕育出伟大

2002 年 6 月

旅顺口

难道
拥有战略要地的旅顺口
曾经却是毫无一点阳刚之气
竟是一个手无缚鸡之力的女人
眼睁睁地看着
两个外国强盗为了争夺到你
而打得硝烟弥漫，血肉横飞
只有默默地等待着
成为最后的那个获胜者享用的战利品

痛苦呵
在白玉山上
至今还耸立着那个获胜者
霸占了你之后建起的纪念塔

2002 年 6 月

抚　顺

当年日本侵略者掠夺中国资源
遗留下的一个一个巨大的矿坑
刺痛着我们的双眼

当年日本侵略者在这块土地上
建起的供他们享乐的小洋房
刺痛着我们的双眼

走在抚顺的大街小巷
能强烈地感受到
这座城市对日本侵略者无声的控诉

2002 年 6 月

红楼梦

为什么曹雪芹
只写了一部红楼梦
他的超人的文笔
应该给我们留下更多的作品

要知道
红楼梦是
曹雪芹用一生的血与泪
对人生、社会的诉说
这是曹雪芹的生命之作

只写了一部红楼梦
正说明了红楼梦的伟大
正说明了曹雪芹的伟大

2002 年 6 月

纪念碑

每一座城市
都应该为曾经发生在这里的
每一件重大的历史事件
建立一个纪念碑
让那些给这座城市带来巨大灾难
或者无限喜悦的事件
从遥远的历史书或者
僻静的博物馆中走出来
走到活生生的现实中
走进每一个人的生活
走进每一个人的心中

2002 年 6 月

二千一百万死难同胞祭

不必对日本一批又一批内阁成员
参拜供奉甲级战犯牌位的靖国神社，
感到奇怪
不必对一伙又一伙日本右翼势力狂妄否认侵略历史，
感到震惊
有谁看到杀人犯会心甘情愿地主动承认杀人，
更何况杀人犯的后代子孙。
也不必对偶尔听到几句不痛不痒的诸如“道歉、
反省”的话，
产生丝毫的谅解。

二千一百万同胞被屠杀了！
被日寇用上百种杀人方式像杀牲口一样
成批成批地屠杀：
枪杀，刀劈，砍头，
刺刀挑捅，铡刀断头，
活埋、火烧、水淹，
开膛破肚，活剥人皮，
活人作靶，活人细菌试验……
枪刺婴儿，水煮婴儿，活劈婴儿……
吃人心，吃人脑，杀人喝血……

不必只在日本军国主义分子否认侵略历史的时候，
才揭露日寇犯下的震惊世界的滔天罪行；
不必只在九月十八日，七月七日，十二月十三日
那几个特定的日子，
才回忆起那段惨痛的历史。

我们的愤怒要为二千一百万死难同胞流淌的血海而
永久地愤怒，
我们的悲伤要为二千一百万死难同胞珍贵的生命而
永远地悲伤，
我们仇恨的火焰要向着日本侵略者永远地熊熊燃烧！

让我们的灵魂回到那一片片被烧焦的土地，
回到那一座座被炸毁、被烧毁的废墟，
回到那变成人间地狱的惨景之中，
深深地领悟我们民族生存的真正含义，
在我们的心中永远地刻上：
为此而毫不犹豫地奉献我们的一切乃至生命！

（这首诗发表在《江河文学》2000 年第三期）

军事博物馆

很少有人走进军事博物馆
仔细端详这里的轻武器与重武器
以及那些血雨腥风的年月

人们已经习惯了和平
已经远离了战争和流血牺牲
已经遗忘了
拿起武器消灭敌人的斗志

和平
从来都不是自己从天而降
时时刻刻要靠人们勇敢地捍卫

2002 年 6 月

产　品

五千年的历史
是我们一座最丰富的大矿
它不像别的矿物
被深深地埋藏在地下
它是先辈们留下的智慧和教训
永远地陪伴着我们
它蕴含的矿产
远远超过任何一种贵重金属
或者稀有材料的价值
面对这个大矿
怎能不去挖掘开采
用这些矿物制造出令世界瞩目的产品

2002 年 6 月

由石头而想到

石头
这随处可见的石头
几十万年前
所有的生灵
谁能够握住它
谁就可以握住整个世界

苹果
这再平常不过的苹果
十七世纪
当它从树枝上坠落
谁能够思考它
谁就可以破译万有引力的奥秘

水壶
这每天使用的水壶
十八世纪
当它被烧开的时候
谁能够从中发现蒸汽的动力
谁就可以掀起改变世界的工业革命

真理
就隐藏于如此平常的事物
无时不在却又无影无踪
如果我们谁的慧眼
能够找到它
它就像太阳升起照亮全球

2002 年 6 月

文明古国

曾经是世界的强国
灿烂的文化
是人类文明的中心
为什么近代却处于落后的状态

是灿烂的文化已经不再灿烂
还是人们已经
远远地离开了灿烂的文化

2002 年 6 月

袁世凯

总觉得当总统没有当皇帝痛快
所以当了总统之后
就迫不及待地登上了皇帝的宝座
却立刻遭到全天下人一致征讨
只当了八十三天皇帝就被迫退位
还想接着当总统
可天下人已经彻底抛弃了他
就忧愤成疾很快一命呜呼

2011 年 5 月 2 日

观中国近代史照片

观中国近代史照片，
国民大多灰头土脸，穷困潦倒，
而洋人却大多趾高气扬，荷枪实弹。
以前总认为这是中国经济落后造成的，
经济落后就要挨打，
却一直忽视了经济的主体——国民精神的落后
老百姓愚昧无知的落后
官僚阶层腐败堕落的落后
精神落后就要挨打！

2011 年 5 月 25 日

陶冶篇

游西湖与普陀山

我就是西湖
我就是虎跑泉
我就是岳王庙
我就是六和塔

我就是普陀山
我就是磐陀石
我就是百步沙
我就是太子塔

我就是青竹，桂树，
就是满山的清幽
我就是自然的孩子
我的心情，思想
全都是自然的反射

1999年4月21日

佛　祖

在人欲横流的世界中
你寻找到一个清静世界
在痛苦不堪的世界中
你寻找到一个极乐世界

2002年6月

地藏菩萨

为了拯救堕入地狱中的灵魂
给自己立下了军令状
地狱不空　誓不成佛
就是讲
只有地狱空了
才可以成佛
而地狱空了
就意味着所有的灵魂都已被拯救成佛
这也就意味着地藏菩萨是最后一个成佛

2002年6月

观音菩萨

为了普度众生
已练就出顺风耳的本领
可以听到任何地方
发出的痛苦的声音

为了普度众生
又让自己
长出了
一千只手
一千只眼

2002 年 6 月

九华山

九华山有许多小小的庙宇
这些小庙也可以说就是一些普通人家
都是前面一间屋子供奉着佛
后面的屋子住着一户人家
游人在前面的屋子敬香拜佛
后面的屋子一家人安安静静地生活

2002 年 6 月

乐山大佛

人间悲欢离合的事
已经分别由其他的菩萨管了
自己就专心致志地从事水利工作
日夜坐镇指挥
在岷江、青衣江、大渡河的交汇处

2002 年 6 月

普贤菩萨

骑着六牙白象
绝不会走马观花
骑着六牙白象
就可以翻山越岭

骑在高高的象背上
可以看到更多的众生
也使众生能远远地看到菩萨
只携带了一副对付野兽的武器
就是白象长出的六只长长的象牙

2002 年 6 月

五 戒

佛教中有五戒：
戒杀生、戒偷盗、戒邪淫、戒妄语、戒饮酒，
翻译成白话的意思是：
不要残害生命、不要侵犯公私财物、
不要搞婚外恋、不要说假话脏话，不要酗酒滋事，
现代青年如果能做到这五戒，
完全可以被评为五好青年。

2011 年 7 月 20 日

崂 山

崂山有一道
崂山道士怎么穿也穿不过去的墙
还有一间
蒲松龄在里面写了很多鬼的故事的小屋
崂山在大海旁边
大海不时地闪现变幻莫测的海市蜃楼

2002 年 6 月

老　子

顺其自然
所以无为
所以无不为

2002 年 6 月

孔　子

因为你有仁义礼智信
所以你周游列国到处碰壁
因为你有诗书礼乐易春秋
所以你有三千弟子七十二贤人

2002 年 6 月

六祖慧能

因为不住于相
所以感受到
自己的心
原本是一颗清静心

既然本性清静
尘埃如何能染

2002 年 6 月

青城山

山是绿色的海洋
山就是福之海，乐之海

古朴的庙宇
与山一体，天人合一

2002 年 6 月

济　公

喜爱云游在大千世界
穿着破旧的袈裟
为百姓打抱不平
所以你就总不在庙里念经
五百罗汉堂里
也就没有了你的座位
而你也并不在意
飞身一跃，就坐到房梁上

2002 年 6 月

泰　山

几千年来
你像一个智慧的长者
告诉人们很多很多的哲理
面对你
孔子感叹到
登泰山而小天下
面对你
人们感受到
稳如泰山和重如泰山的真正意义
就连你山顶上的青松
也成为人们学习的榜样

2002 年 6 月

清静是福

清静
就是不受各种诱惑的打扰
只有在清静中
才能认清人生的方向

清静不是什么也不管
而是在清静中关注现实
清静不是失去众多的利益
而是获得了驾御各种利益的力量

清静不是孤独寂寞
而是让自己的心拥有如水的世界
清静不是一般的欢乐
因为比欢乐还要欢乐的才是清静

2002 年 6 月

儒家，道家，佛家

儒家说，要有一颗功名心[1]，
道家说，要有一颗自然心，
佛家说，要有一颗清静心。

青年人一定认可儒家的话，
中年人一定认可道家的话，
老年人一定认可佛家的话。

所以，
儒家，道家，佛家
讲的是整个人生的轨迹；
所以，
儒家，道家，佛家
其实就是一家。

2002 年 6 月

① 功名心即是建功立业之心。

梦回篇

童年时光（六首）

一　童年的黄河

“走喽，黄河边玩儿走”
听到小伙伴在门口的叫声
我就从院子里冲了出去
将姥姥那句“小心，早点回家”
远远地甩到了后面
耳边只有呼呼的风声

一群孩子欢呼着
在窄窄的胡同里狂奔

胡同的那一边
就是广阔的沙滩
就是一排排高大的柳树
就是一片片飞舞着许多蝴蝶的菜地
就是给了我们欢乐童年的黄河

二　土炕

夏天的中午

院子里只有静静的阳光
而凉凉的土炕
成为孩子们的天堂
磨爬滚打
嘻嘻哈哈
这个站到窗台上
那个翻到箱子后
这个拱倒了一摞被子
那个把枕头踢到了地上
只等姥姥拿着针线笸箩
盘腿坐在炕沿上
讲许多许多好听的故事

三　雨景

“下雨啦！”
咚咚咚咚
一阵杂乱的脚步声
晒在院子中的被子
转眼跑进屋里
叮叮咚咚
一个个小瀑布
顺着房檐飞流直下
砸进已经摆好的水桶和洗衣盆中
雨如果一直下个不停

无数只青蛙就会从黄河上岸
像一支大军
涌进窄窄的胡同
蹦蹦跳跳
呱呱呱呱

四　牛奶

我小时候喝的牛奶
是从街坊回族小伙伴克木家买的
他家养了好几头奶牛

每天牛奶送得都很准时
由克木家出来
沿着窄窄的胡同
牛奶就端进了我家的大门

牛奶放在炉灶上
不一会就结了一层厚厚的奶皮
整个院子里
弥漫着牛奶浓浓的香味

五　院子

院子每天都是崭新的
姥爷每天早晨把院子扫得干干净净

院子每天都是忙碌的
姥姥每天要把洗好的衣服、被褥晾满一院子
院子每天都是甜蜜的
因为我和姥爷姥姥生活在一起
院子每天都是明亮的
每天我从外面玩累了回来
即使是天已黑
当我推开院子的大门
感到院子里
仍然充满着白天的阳光

六　苹果树

在我就要回北京上小学的时候
姥爷姥姥带领我
在院子里种了一棵小小的苹果树

姥爷对我讲
你要好好读书
我和你姥姥会很好地
照看好你的苹果树

后来我才知道
我回北京以后
姥爷姥姥就把这棵小小的苹果树

当成了我
还生活在他们身边

2002 年 6 月

童　年

人
从小长到大
从一样的天真无邪的童年
长成为了利益
而苦苦竞争的各不相同的成年
这种成长到底是喜还是忧
为什么不能保持一颗永远的童心
过着无忧无虑的生活

2002 年 6 月

我的阳光，我的雨露

我的小学，中学，大学
我的语文，数学，体育老师
我的物理，化学，生物老师
我的所有慈祥的和严厉的老师
我的所有亲密的和疏远的同学

我的教室，我的黑板，我的课桌
我的铃声，我的朗读声，我的歌声
我的期中考试，我的期末考试
我的春季运动会，我的秋季运动会
我的欢乐，我的烦恼

我的知识的海洋
我的成长的天地
就是我的阳光，就是我的雨露

2002 年 6 月

悲 聚

在姥爷姥姥的坟前
我平躺于地上
与姥爷姥姥躺在一起
天空晴空万里
山上安详静谧

上香，燃烛，烧纸，
奉鲜花，献水果，敬香烟
相聚在坟前
再不能相聚在家中

一切消逝得那么遥远
留下的是无尽的悲伤和痛苦
真实走过去已成为梦境
现实与梦境难道只有先后的顺序

2002 年 6 月

故乡兰州

我带着儿子
乘着快艇
在黄河上飞驰
黄河的急流
黄河的气息
黄河的活力
充满了我的心胸
白塔山在河边伫立
中山桥雄姿英发
我指着岸边
大声地对儿子喊道：
这里就是爸爸的故乡

2002 年 6 月

古城保定

空气中
弥漫着易水和白洋淀的气息
纯朴
在幽幽的斑驳的胡同中
沉浸着岁月
古老的城墙上
生长起茂密的松柏
城外
广阔苍茫的平原
与天空
在远方连成一线

2002 年 6 月

操 场

在三九天
寒风凛冽的早晨
或者在三伏天
烈日炎炎的下午
飞奔在操场上
让自己的身体
冲出各种幻想的包围
冲进最酷烈的节气中
奔跑呼吸
呼吸奔跑
汗流浃背咬紧牙关
这个时候才能感觉到自己
感觉到世界与自己多么亲密

2002 年 6 月

火 车

回家的时候
一上火车
感到火车就是故乡
因为第二天早晨
一下火车
不就是故乡

离家的时候
一上火车
感到火车还是故乡
因为第二天早晨
一下火车
才不是故乡

2002 年 6 月

触发篇

大地的精神

大地的精神
是培育出稻谷
天空的精神
是挥洒下甘霖
高山的精神
是奔涌出河流
道路的精神
是承载着人们的脚步
人的精神
就应当像雷锋一样

2002年6月14日

巨 浪

傍晚，天空翻滚着巨浪，
巨浪放射出道道金光，
这是汹涌澎湃的大海，
这是咆哮怒吼的江河。

傍晚，天空翻滚着巨浪，
巨浪放射出道道金光，
这是万马奔腾嘶鸣长空，
这是无限力量驰骋四方。

傍晚，天空翻滚着巨浪，
巨浪放射出道道金光，
这是百万雄师发起冲锋，
这是秋风横扫气势磅礴。

2002 年 6 月 13 日

我要去森林

我要去森林，
不是去捕捉某一猎物，
而是在大自然的怀抱中平静我忧愁的心灵。

我要去远行，
不是为了某种诱惑，
而是只想在大地上印上我一串长长的执著的脚印。

我要登上山顶，
不是为了占据某一高度，
而是想释放我的喉咙，放飞我隐藏多日的思想。

2002 年 6 月 16 日

自　然

在商厦门口的地上
有一只麻雀
十分轻盈地跳动
我向它走去
它跳动了几下
一下子飞到了天空

它不会飞进商厦
因为它是自然的小鸟
它一定是要飞向自然
而我走进商厦
远离了自然

2002 年 6 月

体育与国威

体育运动被理解为拿世界冠军
国威被理解为拿世界冠军的数量

一方面国际赛场获得奖牌与日俱增
一方面国民身体素质却呈下降趋势

其实体育冠军数量与国威没有必然联系
全民的身体素质的提高与
国家经济实力、科技实力、军事实力的提高
与国威有必然联系

2011 年 7 月 29 日

自然界到处都是艺术品

大树，小树，草坪，花朵
石头，泥土，河流
远处的山峰，吹来的微风
在风中飞翔的小鸟以及它清脆的叫声
漂浮的云朵与湛蓝的天空
炎热的阳光与倾盆大雨
都是自然创作的杰作
无不体现着自然的形态与内容

走在路上可以看到
自然界到处都是艺术品

2002 年 6 月

土 地

土地孕育着人们
孕育着
那些蹬三轮车的汉子
那些蹲在路旁承揽装修的民工
那些把整个街道都占满的
卖菜的、卖日用品的小商小贩
那些挤公共汽车的人群
那些天真活泼的孩子
那些悠闲自在的老人
……

土地孕育着人们
所以伟大
每天都会从人群中诞生

2002 年 6 月

民　工

把一天的力气与智慧
与混凝土一同浇筑到耸起的大楼
三五成群地聚集在路边
等待着开往工棚的班车
抽烟，聊天，坐在安全帽上
准备吃一顿饱饱的晚餐
周围的商厦歌厅
离你们
好像有从县里到村里的距离
过着疲惫而简单的生活
与下地干活的情况基本一样

2002 年 7 月

乘　车

塞进一个人的生存
包上一家人的渴望

一只尿素用过的编织袋
鼓鼓囊囊
在繁华的街道

车来了
它慌乱地挤进车厢
被踩了一脚

接着
很高的地方喊道
“编织袋，买一张票”

2002年3月

十三个孩子

2001 年 6 月江西某一幼儿园夜里发生火灾，造成 13 个孩子遇难，非常悲伤，作诗念之。

十三个幼小的生命离我们远去，
一场撕裂心肺的灾难又发生在我们周围。
大火并非是吞噬十三个孩子的真正元凶，
这种惨剧的制造者是那些不负责任的心灵。
十三个孩子的死亡
给了十三亿人民十三亿个痛苦，
十三亿个痛苦凝结起来不能仅仅还是痛苦，
十三亿个痛苦要凝结成彻底消灭这种灾难的力量。

2001 年 6 月 7 日

一张哭泣的照片

2002年5月30日北京青年报刊登了一个小女孩为在非法煤矿发生透水事故中死难的亲人哭泣的照片，震撼人心。写诗以表同情与愤怒。

今天的报纸
刊登了你的照片
今天的报纸
盛满了你的眼泪

幼小的你
从此一生都要哭泣
你的眼泪
打湿了我的衣襟
你的眼泪
打湿了这片土地

但愿明天
你的这张照片

像那个大眼睛姑娘的照片[1]一样
张贴在城镇乡村的每一个地方
拯救那些正在非法的矿井下劳作的
时刻都有生命危险的农民兄弟

2002年5月30日

欲　望

在追求欲望的时候
人们并不十分清楚欲望究竟是什么
而一旦实现了某种欲望
才体会到欲望究竟是什么
这样就会有两种认识
一种是欲望能带来快乐
一种是欲望能带来痛苦

2002年7月

① 希望工程的宣传画

生　存

夜晚，在街道的一边
躺着一个衣衫褴褛的老太婆
白发零乱地遮住了面容
一只瘦骨嶙峋的手
拿着一只乞讨的破缸子不停地晃动

活着
对于这位老人
残存着的唯一的希望
就是躺在地上
手里拿着的这只破旧的缸子

2002 年 7 月

两朵雪花

在雪地上，
两个小妹妹紧紧相依而坐，
怀中的二胡与手中的竹板，
响起雪花般脆弱的曲调。
你俩把头埋在胸前，
是害羞？是害怕？
还是双眼根本就看不见这个世界？
在你俩背后，
传来“祝你新年快乐”的歌声，
还有快餐店飘来的阵阵香味。

雪花纷飞，
道路泥泞，
行人匆匆而过。
两个小妹妹紧紧相依在雪中，
像两朵雪花一同飘零。

1999年年底

头 发

在一个发廊门前，
我看到有一位花白头发的农民老汉，
与发廊的老板正在谈论着什么，
还一只手从塑料袋里提出一大绺
打着绳结的长长的秀发。

这是一头多么美丽的秀发，
乌黑，柔软，有弹性，富有光泽，
焕发着青春的朝气，
只是已被剪断，
不再给某个姑娘增加动人的美丽。

这位已经没有了一头秀发的姑娘，
是什么原因使你告别了你的秀发？
现在你究竟是在流泪还是在愤怒？
还是在坚定地走你认准的道路？

我只能默默地为你祝福，
祝你有一个美好的明天。

2002 年 7 月

肾

妻子
把自己的一个肾
移植给丈夫

姐姐
把自己的一个肾
移植给妹妹

为了爱
把自己的生命
分给了自己所爱的人

2002 年 7 月

过街通道的歌手

不需要任何人的承认或者赞许
只有自己勇敢而坚定地
承认和赞许自己
独自一人
站在昏暗的地下通道
把自己的才华
尽情地、忘我地展现出来
给这个世界
给所有从你的身边走过的人

2002 年 6 月

圣诞节

围巾、手套、光碟
毛衣、毛裤、袜子
梳子、发卡、镜子……
挂满
在地铁口
在车站旁
在过街天桥
在地下通道
这些地方
都变成了巨大的“圣诞树”，
但与圣诞节没有关系！

1999 年年底

停车场管理员

穿着印有字母P的制服，
皮肤一律黝黑粗糙，
在各种型号的汽车中穿行。
不停地作着手势，
嘴里高声喊着命令，
狂傲的汽车全都
乖乖地各就各位。
在风里在雨里，
在冬天在夏天，
就这样的装束，
就这样的手势，
站在各种型号的汽车旁边，
真的强过车展上那些女模百倍。

2002年7月

报　亭

在众多美女
妩媚动人的脸庞中间
有一张饱经风霜的脸
从早到晚
一直
静静悄悄
平平淡淡
面对
来来往往
匆匆忙忙
偶尔
还会有一缕辣辣的香烟
慢慢悠悠地
吐了出来

2002 年 7 月

动物痛苦

许多动物过着痛苦的生活
有的在去屠宰场的途中
胃里被人灌满了沙子
血管里注满了水
有的自出生以后就被囚禁在小小的木笼子里
每天除了拼命地被填入饲料
就是呆在里面睡觉
直至变成肥硕的身体
有的被人在肚子上切开一个洞
插进管子
为了每天可以提取新鲜的胆汁
有的则直接被牵到饭馆门前
让食客当场挑选要吃的部位
然后当场割取，烧烤烹炸

过着痛苦生活的动物
只有被宰杀了，痛苦的生活才算结束

2002 年 7 月

问 题

问题被装进皮包
问题被带到会场

问题变成了声音
问题变成了讨论

问题变成了上午
问题变成了下午

问题变成了重点
问题要向上汇报

问题又变成文字
问题又装进皮包

2002 年 6 月 12 日

轰动效应

用珍珠玛瑙制作一只靴子，
用黄金盖一座厕所，
用几亿元当一回标王，
造几百座石牛创一个世界第一①。

只要肯花钱，
肯定会制造出任何一项吉尼斯纪录，
只要肯花钱，
肯定会荣获能花钱的冠军。

2002 年 7 月

① 黑龙江省某市投资上亿元沿街建造几百座石牛雕塑，以此提高知名度，而当地养牛农户因饲料不足以及卖了牛奶长期拿不到钱等原因，被迫纷纷忍痛卖牛。

重温毛主席语录

毛主席教导我们说：一个人做点好事并不难，
难的是一辈子做好事，不做坏事。
这句教导可以扩展到各个方面。

一个学生专心学习一节课并不难，
难的是每节课都专心学习，不开小差。

一个职工爱岗敬业任劳任怨一天并不难，
难的是天天爱岗敬业任劳任怨，不松懈，不敷衍。

一个官员忠于职守为政清廉一天并不难，
难的是天天忠于职守为政清廉，不渎职，不贪腐。

一个企业安全生产一天并不难，
难的是天天安全生产，不出事故，不死人。

毛主席的这句教导放之四海而皆准。

2011 年 7 月 29 日

繁 华

夜幕降临
闪烁着各种霓虹灯的
酒楼、商厦、桑拿、夜总会立即
占领了这座城市
占领了眼耳鼻舌身意
各种型号的豪华轿车紧跟着
从一幢幢豪华之处驶向
另一幢幢豪华之处
整个城市处于异常兴奋的状态
但不知这种状态下面到底有什么内容

2002 年 7 月

得　到

没有得到的时候
会痛苦，
而得到了
难道就是幸福？
如果得到了再失去，
会比没有得到时的痛苦
还要痛苦百倍。
所以知道了
得到与没有得到的真正意义，
得到了，有可能是痛苦，
没有得到，有可能是幸福。

2002 年 7 月

欲 望

——为 6·26 世界禁毒日作

都知道鸦片、海洛因、冰毒是毒品
却不知人的欲望也是一种毒品
它是毒品之中的毒品
毒品没有与欲望为伴
毒品只不过是大自然中一种普通的植物
欲望是人体中的毒品
当人们追求某种欲望
会被这种欲望深深地束缚
成为一种屡教不改的嗜好
这与吸毒者的毒瘾完全一样
扫除毒品
首先要扫除人的贪婪的欲望
扫除这个每时每刻
都可能随身携带的毒品

2002 年 6 月

泡 菜

现在泡菜比较盛行，
缘于制作十分容易，
先立起一个坛子，
放进萝卜白菜或者豆角，
再加入酸甜苦辣进行调味，
可以满足众多胃口。

编剧或者导演从中也得到一点启示，
打开一台电脑，
敲进康熙雍正或者别的皇帝，
再放进几个忠臣奸佞，
加一些勾心斗角，
添一些儿女情长，
保证吸引人们的视线，
还可能造成万人空巷。

编剧成为厨师，
历史变成泡菜。

2002 年 6 月 13 日

经济学家

房地产热后
就开始大讲房地产的问题
金融危机后
就开始大讲金融问题
股票热后
就开始大讲股票的问题
通货紧缩后
就开始大讲宏观调控
职工下岗了
就开始大讲搞活国企

办讲座
上镜头
出论文
出著作
然后就比以前更加有名

2002年7月

快乐的根源

什么是快乐
快乐就是无私
无私就是快乐
自私的人常常因为考虑自己的利益而痛苦
无私的人常常因为不考虑自己的利益而快乐

一个常常不快乐的人是被自己利益俘虏的人
一个常常快乐的人是战胜了自己利益的人

2011 年 7 月 29 日

浪　潮

这些年
浪潮不断
蔚为壮观

先是房地产热
天南地北，雨后春笋
最后留下了一大堆烂尾楼
后来是股票热
男女老少，争先恐后
到现在有多少人还对股市一往情深
再后来是网络热
到处都要建网站，到处都加.COM，
最后下岗了一大批CEO

按照上面的这条规律
只要知道现在热点是什么
也就知道下一个难点是什么

2002年7月

许多事情

许多事情
以大张旗鼓的方式开始
最后却偃旗息鼓，无影无踪

许多事情
以默默无闻的方式开始
最后成为众星捧月，妇孺皆知

2002 年 7 月

减　肥

有些人花了许多钱
把自己吃成了肥胖的身躯
又花许多钱
再把自己还原成原来的模样
这样来回折腾自己有什么好处
倒不如
把前后两次花的钱拿出一部分
送给那些上不起学的孩子
这样对你来说不仅少了许多折腾
身材也可以始终保持健美的标准
而那些孩子们长大以后
幸许会使世界大吃一惊

2002 年 7 月

捐助计划

最近有一个厂家
郑重地告诉大家
只要你买一件该厂的产品
就可以给穷苦的孩子捐助一分钱

我看了以后很受鼓舞
为了那些可怜的孩子
今后一定要多买这家生产的产品
我开始构思了我的捐助计划
如果我要捐助一百元钱
那我得买多少这种产品
经过计算
结果令我震惊
我得买一万件这种产品

经过比较
我修改了捐助计划
我把一百元直接投进
一个设置在商店里的捐款箱里

2002 年 7 月

南京大屠杀纪念馆

最近有人建议
将南京大屠杀纪念馆改为
什么和平纪念馆
在他们的眼里
南京30万被日寇残酷屠杀的同胞
不需要纪念
日本侵略者犯下的滔天罪行
不需要牢记
南京30万同胞被屠杀的惨痛历史
可以用和平两字代替

这种人到底是不是中国人
他们的做法怎么与日本右翼分子那么相似

2002年7月

这些观点并不奇怪

有的经济学家讲
发洪水可以冲掉旧的坛坛罐罐
这样可以拉动需求刺激经济增长

有的经济学家讲
街上乞丐的存在是合理的
他们可以成为反面教材
激发人们努力学习和工作

这些经济学家奇怪的观点
其实并不奇怪
因为他们高高在上
与大众十分遥远
已经缺乏对人
应有的同情与关爱

2002 年 7 月

这不是炒作

前一段时间有一位女演员
穿了一件印有日本太阳旗的服装招摇过市
立即成为过街老鼠，人人喊打
更早的一段时间
有一位在日本的中国青年
抗议日本政要参拜靖国神社
用油漆在靖国神社石狮上
写下“该死”两字
日本法院将他判刑
而国内的群众把他视为民族的英雄

最近有一个男演员前往靖国神社
有的媒体对此进行声讨
也有的媒体表示
这位演员只是去那里体验一下生活
对此不要炒作

什么是炒作，什么不是炒作
恐怕有的媒体根本就分不清楚

2002 年 7 月

互联网

互联网给了我们一个真实的世界
互联网给了我们一个虚假的空间

互联网给了我们敏感的神经
互联网给了我们冷漠的神情

互联网让我们节约了许多时间
互联网让我们浪费了许多光阴

互联网容易使好的变得更好
互联网容易使坏的变得更坏

互联网可以成为我们的朋友
互联网可以变成我们的大敌

2002 年 7 月

能源消耗

现在喝水已经不是一件简单的事了
据说自来水已不符合健康标准
要喝矿泉水或纯净水
本地的水需要经过处理净化由专人送到家中
南方的水就从千里之外运到这里
一桶水所耗费的能源是惊人的

天气炎热，人们普遍使用空调
普遍使用空调的结果是
空调排出废热与废气使天气温度更热

住房周围超市很多，买东西很方便
但人们仍然要使用冰箱储存食物
到了冬天，气温比冰箱的温度还低
人们仍使用冰箱储存食物
一年365天电冰箱就这样运转着
消耗着大量的能源

汽车是交通工具
很多人已经把它看成了必须具备的财富
去某个地方乘坐公交车或地铁或打的很方便

却自己非要买车，自己开车去
耗能耗力耗钱

2002 年 7 月

汽　车

虽然有风驰电掣一样的速度
很多时候却在慢慢地向前爬行
虽然有美观气派的外表
而排放的废气正破坏着大气层
虽然人们把你爱得疯狂
许多地方却把你当成瘟疫
醒目地写着此处禁止停车
说不清你到底是好还是坏
在你身上好与坏都十分明显

2002 年 7 月

中学教材

中学课本里的知识写得很浅，
但考试的内容却很深。
每科辅导教材里的知识写得很深，
很符合考试的要求，
所以，每科都要配上一两本厚厚的辅导教材。
这种教育现象
就好比
一句话不一块说，
只说上半句，下半句需到书店里购买。

2011 年 3 月

郑人买履的现代版

战国时期郑人买鞋
不相信自己的脚只相信量脚的尺码
现在仍有郑人买履的现代版

前几年流行过巫婆鞋
将鞋尖向前拉长几个厘米
看不出这种鞋有什么好处
不能增加高度也不能提高速度
却增加了腿脚骨折的危险
因为它形象与众不同
所以街上仍不时看到
有人穿着它向前艰难地挪动

旅游鞋已代替了球鞋
人们跑步打球基本上都穿旅游鞋
旅游鞋其实是棉鞋的一种
底厚、帮厚、沉重、捂脚
但外形做得十分时尚
从运动功能上
它无法与轻便实用的球鞋相比
因为旅游鞋有昂贵的身价

所以旅游鞋在运动场上大行其道

2002 年 7 月

人　格

经常看到一些主办国际性活动的单位
不惜投入巨额资金建造豪华场馆
海选年轻美貌的礼仪小姐
甚至不惜全城动员为国际性活动让路

还有一些国人不惜一切代价
争取荣获国际大奖
或者入选世界文化遗产名录

与外国人打交道
如果持妄自菲薄的态度
就会丧失应有的礼节
损害中国人的人格

2011 年 7 月 29 日

禅　定

佛教经典告诉人们
用智慧去探明事物的本质
探明事物本质之后心自然安定
这就是初步禅定
久之可达到较高的禅定

2011 年 7 月 29 日

忍受与享受

对炎热，如果忍受炎热，肯定难以忍受炎热
对炎热，如果享受炎热，就觉得炎热是一种快乐
对寒冷，如果忍受寒冷，肯定难以忍受寒冷
对寒冷，如果享受寒冷，就觉得寒冷是一种快乐
对困难和挫折，不能忍受它们，应享受它们
这样心情会平静下来，并很快战胜它们

2011 年 7 月

假 唱

一开始说
由于剧场音响的原因
为了广大观众的欣赏效果
所以一部分演员才不得不开始假唱
因为一部分演员都这样做了
所以其他演员也自然地跟着加入
所以就普遍流行这种
对口型的新的艺术形式

假的永远都是假的
然而假的却在堂而皇之地取代着真的

2002 年 7 月

海　鲜

鱼翅
由一个个小小的碗盛着
鲍鱼
由一个个小小的壳托着
龙虾
由一个个小小的船驮着

开进方的屋子
排列在圆圆的桌子

这些来自海洋的动物
它们的攻击力
已远远超过海上行驶的
任何一艘航空母舰

2002 年 7 月

欲 望

经常有
贪财的、贪色的、贪权的
被绳之以法，
为什么还有人不断地步其后尘？
而且犯罪情节还更为严重？

因为欲望
一旦占据人的思想，
人的一切行为就会任其摆布，
直至最后
被欲望彻底拿下！

2002 年 7 月

关 心

有时候，我们非常关心某个国家的总统竞选
有时候，我们非常关心某一个晚会的阵容
有时候，我们非常关心某个球星的发型
有时候，我们非常关心某个演员的感情世界
有时候，我们非常关心某个网络游戏的几种玩法
……
有时候，我们非常关心与我们毫不相干的事情
沉醉于这些毫无意义的事情之中，
忘记
那些需要我们关心的事情

2002 年 7 月

思　维

人的思维
可以由前提推导出结论
也可以由结论反推出前提

如果前提是不真实的
那么再怎么推理
再怎样引经据典
得到的也是一个不真实的结论

如果结论本身就是荒谬的
那么再去寻找它的前提
可想而知这前提会是什么东西

这样看来
人的思维确实十分可怕

2002 年 7 月

孩子的欢乐

孩子的欢乐
不是得双百
不是当班干部
更不是课外辅导班的优异成绩

孩子的欢乐
是一个小小的玩具
是一次开心的游戏

让孩子充分享受欢乐
让孩子充分享受属于自己的欢乐

如果孩子没有享受到童年少年时期的欢乐
难道长大以后还有比这种欢乐更欢乐的欢乐

2002 年 7 月

高 考

让孩子们在童年就被压上高考这座大山，
难道不残酷吗？
让人们年复一年为孩子上小学，上初中，
上高中，考大学而苦苦奔波劳累，
难道不残酷吗？
让孩子们整天拼命地学习别的国家的语言，
也不知将来这种语言能用多少，
难道不残酷吗？
让每年的高考来决定一个青年一生的命运，
难道不残酷吗？

2002年7月

对出国留学热的思考

一些大学生
把出国留学进而移民国外作为奋斗的目标
为了国外优厚的待遇抛弃自己的祖国
这是不忠不孝的行为
在别人的屋檐下，在别人的文化习俗中
生活难道会快乐幸福

还有很多望子成龙的家长
把正在上中学甚至上小学的孩子送到国外
让孩子能够尽早地接受西方的教育早日成才
当孩子学成回国却面临着更大的问题
他们对国内的情况已经一无所知毫不适应

2011 年 7 月 29 日

外 语

与老外对话
就觉高人一等
即使说的
全是一大堆奉承
一大堆废话

与老外对话
又觉低人一等
人家的本国语说得多么流利
甚至羡慕起
金发碧眼的儿童
拥有的准确发音

如今
外语荣升
高考的第三把交椅
至于物理，化学，生物
或者历史、地理、政治
一律列为 X

2002 年 3 月

我们总是被形式所左右

我们总是被形式所左右
当我们见到一个人
只看到他的衣着相貌，他的职位
当我们见到一本书
只注意这本书出自谁手
当我们谈论某个地方
只注意那里出了多少个名人
当我们做某一件事情
也总特别注意别人的眼光
当我们被各种形式左右
我们就很少再关心内容

2002年7月

大自然是不会欺骗我们的

大自然是不会欺骗我们的
而许多人为的
却总在欺骗我们
难道不是吗？
我们现在吃的，喝的，用的，穿的
哪一样大自然欺骗过我们
而哪一样人为的
没有欺骗过我们

2002 年 7 月

大 地

我陶醉常春藤飘撒的翠绿的瀑布
汹涌蓬勃的麦浪、蕴涵着无穷力量的森林海洋
以及任何鲜花所拥有的灿烂的笑容
随处可见的小草张开的快乐的翅膀
感谢大地，你勤勤恳恳培育着所有旺盛的生命

落叶哪去了，枯朽的树木哪去了
死亡的动物哪去了
那些倒塌的房屋、毁坏的桥梁哪去了
那些被推翻的王朝哪里去了
感谢大地，你紧紧拥抱着这些失去生命的东西
将这些东西变成土地的一部分，培育新的生命

2011 年 8 月 3 日

雨

苦盼了很久
终于雨从天而降
开始了
水生木，木生火，火生土，土生金
万物蓬勃起来了

苦熬了很久
终于雨从天而降
开始了
水克火，火克金，金克木，木克土
世界运转起来了

2002 年 7 月

自然主义

我们生活在自然的世界
我们是自然的孩子
我们在自然的生活中
发现自然的思想
我们用自然的思想去认识自然
我们用自然的思想去展现自然
我们没有自己的思想
也没有自己的创造
因为我们是自然的孩子
所作所为全来自于自然

2002 年 7 月

法　则

大树不要做小草的事
大山不要做土坡的事
大河不要做小溪的事
大海不要做湖泊的事

大树应该做大树的事
大山应该做大山的事
大河应该做大河的事
大海应该做大海的事

2002 年 7 月

大自然

飞机在高空中飞行
我却被手中的书搞得头疼
我望了一下窗外
一座高耸的云峰正在飞过
还有几片云湖
还出现了几艘云舟
浩瀚的云世界
一派生机勃勃
我合上了这本书
不管什么作家写的什么文字
这怎么能抵得上大自然的美丽

2002 年 7 月

朋　友

我要同很多人成为朋友
用我的诗歌
用朴实无华的语言
用简单明了的思想

诗歌不是写给自己
是写给无数的朋友
那种构筑成只有自己才能进入的天地
是把很多朋友关在门外
而把自己孤独地囚禁在其中

我要用我的诗歌
建一座百姓随便步入的超市
可以任意挑选
也可以任意放弃

2002 年 7 月

诗　人

诗人，你的心
应该是这样跳动
像一条红色的鲤鱼
从囚禁的水盆里
一跃而出
蹦到地面
翻滚、跳跃、挣扎

当历史把几千年
逐日逐月地告诉了你
直到你的眼前的这一瞬间
你就把许多思想
写成了一首首诗歌

2002 年 7 月

诞　生

产房里，一个小生命诞生了，
他大声哭喊着，
他是在说：
我要吃饭，我要喝水。

产房里，一个小生命诞生了，
他大声哭喊着，
他是在说：
我要学习，我要工作。

产房里，一个小生命诞生了，
他大声哭喊着，
他是在说：
我要平等，我要自由。

产房里，一个小生命诞生了，
他哭喊着
他是在庄严地宣布：
我诞生了，
我所有的权利也一同诞生！

2002 年 7 月

智慧指挥着躯体

智慧指挥着躯体，
或者走向光明，
或者走向黑暗。

智慧指挥着躯体，
或者走向农村，厂矿，
或者走向别墅，高尔夫球场。

智慧指挥着躯体，
或者为真理而奔走，
或者为私欲而钻营。

智慧指挥着躯体，
或者由弱小变成强大，
或者由强大变成灭亡。

智慧指挥着躯体，
或者留下高尚的精神，
或者留下惨痛的教训。

2002年6月16日

人 生

我不需要豪华的汽车
不需要豪华的住宅
不需要雄厚的资产
也不需要穿着高档的服装
进入上流社会
我只需要一个健康的身体
一个陶醉于平静与自然的心灵
一个平平常常的人生

2002 年 7 月

快　乐

辛勤耕耘是快乐
作品发表了是快乐
看望父母是快乐
辅导孩子功课是快乐
锻炼身体是快乐
成为大自然的孩子是快乐
安静地思考是快乐
与同学相聚是快乐
没有非份之想是快乐
淡泊名利是快乐
摆脱烦恼是快乐
勇敢顽强是快乐
生活充满有意义的活动就是快乐

2001 年 11 月 9 日

站　立

站立是人成为人的原因，
站立是人的标志！

天地之间，
站立起来的人，
顶天立地！

人
不能低下头，弯下腰，
人
必须挺直腰，昂起头！

2002 年 7 月

时　间

一年的时间很遥远，
把它折算成365天，
一年似乎很快就到眼前；
一天的时间很缓慢，
把它折算成24小时，
一天似乎就跑得飞快；
一小时的时间很凝滞，
把它折算成60分钟，
一小时似乎一闪而过。

把每一分钟折算成
我们的呼吸，我们的心跳，
我们就感受到了时间。

2002年7月

痛　苦

每个人头上都有一轮灿烂的太阳，
即使在心如刀绞的时刻，
在似乎要被摧毁的时刻。

在落叶纷飞，苍茫冷酷的傍晚，
只要天空仍然闪动着几处星光，
心中总能游荡着一丝微弱的温暖。

地球在旋转，
痛苦也一同旋转，
静静地承受，
静静地恭候，
看看能否来一次脱胎换骨。

1999 年 11 月 8 日

诗　歌

凭什么说
这些是最佳诗歌，那些就不是最佳诗歌
凭什么说
看不懂的是诗歌，看得懂的就不是诗歌
凭什么说
大段大段乏味的词藻是诗歌，简明扼要朴实无华的就不是诗歌
凭什么说
是什么流派的是诗歌，不是什么流派的就不是诗歌
凭什么说
专家认可的是诗歌，专家不认可的就不是诗歌
凭什么说
获得出版的是诗歌，没有获得出版的就不是诗歌
凭什么说
诗人写的是诗歌，不是诗人写的就不是诗歌
凭什么说
诗歌是属于少数人的，诗歌不属于大众
凭什么说
诗歌已跌至低谷，诗歌不会东山再起

2002 年 7 月

千里马

马棚里
每天来了很多伯乐
很多马跟着伯乐走了
只留下千里马
年复一年
孤独地等待着伯乐

有一天
千里马挣脱了缰绳
逃离了马棚
在广阔的原野飞奔
此刻千里马决心要完成一项使命
去相一相他们
看看谁是真正的伯乐

2002 年 7 月

在大街上

在大街上，
行走着男男女女，
行走着老老少少，
行走着穿着华丽的人，
行走着穿着简朴的人，
行走着去购物的人，
行走着去工作的人，
行走着谈笑风生的人，
行走着沉默不语的人。

在大街上，
看不到谁比谁高贵，
看不到谁比谁卑微。

在大街上
人们都是一样地行走，
人们都是一样的自由自在。

2002 年 6 月 16 日

有的诗人

有的诗人
已被看成了怪物
谁也不知道
他们的葫芦里
到底卖的是什么药
他们写的诗歌
已被当成谜语
而且还不完全像谜语
因为它们
从来都没有谜底

2002 年 7 月

我们的大脑

我们的大脑
很像一个实验室
总是将收集到的各种信息
进行分析合成
从中发明新的思路
也可能发现新的真理
只是这个实验室具有自己的特点
对于产生的真理
即使在实践中遭受无数次失败
也不会返回实验室再作修改

2002年6月18日

站在地铁的车厢里

早晨，我站在地铁的车厢里，
飞快的速度紧紧拽着我，
昨夜的梦境已来不及带在身边。

傍晚，我站在地铁的车厢里，
飞快的速度紧紧拽着我，
一天的疲惫早已被落在办公室里。

我远离地面上的喧哗，
远离各种毫无意义的信息，
靠近地铁的车轮发出的隆隆的声音，
和它一起穿过黑暗。

2002年6月17日

看五十年代电影

精神成为人们的统帅
私欲彻底被赶得烟消云散
所以
每个人都一样，都很精神
可以战天斗地，可以气壮山河
每个人都一样，笑得非常灿烂
可以大公无私，可以先人后已
那时的生活
用晴朗的一天
就可以概括

2002 年 7 月

百家姓

因为十三亿人民都是炎黄子孙
所以百家姓里所有的姓氏
原本就是一家

不管是赵钱孙李周吴郑王
不管是冯陈褚卫蒋沈韩杨
都是亲爱的兄弟姐妹
分布在祖国的四面八方

2002 年 7 月

自己不是自己的中心

以自己为中心
就会觉得别人处处与自己作对
自己也与别人处处作对
社会是由每一个人构成
怎么能以自己为中心
知道了
自己不是社会的中心
就知道了
自己也不是自己的中心
人与人之间就不会相互作对
生活会十分轻松，毫不疲惫

2002 年 7 月

境 界

早晨，我从家里走出
乘着地铁赶到单位
一上午
感到一种不安
也感到十分疲惫
中午下起了小雨
我离开单位到外地出差
乘坐民航班车赶到机场
15:55 我腾空而起
这座城市一下子变得渺小
被我抛弃
也就不再打扰我的神经

2002 年 7 月

做人与做事

做事的时候容易忘记做人
做人的时候却不会忘记做事
做事是暂时的
做人是每时每刻的

做事最终还是为了做人
因为做事本身就是做人

所以，
做人与做事这两件事，
本质上是一件事：做人。

2002 年 7 月

认识欲望

任何一种罪恶
都来源于一种欲望

欲望是罪恶的起点
罪恶是欲望的终点

警惕欲望
就不会有罪恶的起点
控制欲望
就不会有欲望的终点

认识欲望
必须要看清欲望的最终结局

2002 年 7 月

有限与无限

人的生命是有限的，人的欲望是无限的，
若将有限的生命用于追求无限的欲望，
则有限的生命是无法满足无限的欲望，
由此导致人的痛苦是无限的。
因此，
没有欲望就没有痛苦，
没有欲望就幸福快乐。

地球的资源是有限的，人类的欲望是无限的，
若将有限的资源用于满足无限的欲望，
则有限的资源是无法满足无限的欲望，
由此导致地球的资源很快就会耗尽。
因此，
控制欲望就能保护资源，
控制欲望就能保护地球。

2011 年 7 月 18 日

每个人

每个人在做什么
无非是从某一个起点走向某一个目的地
从某一种状态转换到另一种状态
在空气中
无非是弥漫着幸福
或弥漫着痛苦
每个人做什么并不重要
重要的是
每一个人每时每刻能够彼此感受到

2002 年 7 月

两种选择

人生遇到的人很多
有好人有坏人
人生遇到的事很多
有好事有坏事
所以
人生其实十分简单
就只面对着两种选择
选择对还是选择错
所以
名垂青史与
遗臭万年
只有一步的距离

2002 年 7 月

思维逻辑是不会错的

人的错误是怎样产生？
不是产生于人的思维逻辑，
人的思维逻辑是不会错的，
产生错误的，
是人们拥有的前提或者拥有的结果。
如果拥有错误的前提
经过人的逻辑推理，
就会拥有了错误的结果。
如果拥有错误的结果，
经过人的逻辑推理，
人们也就拥有了错误的前提。

2002 年 7 月

正 确

正确
出现在我们身边
常常我们认识不到正确

错误
出现在我们身边
却能引起我们极大的关注
不仅认识到错误
而且还认识到正确
但这时已经付出了代价

正确
出现在我们身边
我们要认识到正确

2002 年 7 月

同样的快乐

不必等到去游览名山大川
不必等到节假日悠闲的时光
我们才感到快乐

在拥挤的公共汽车上
在忙忙碌碌的工作中
在骄阳似火的天气
在生活中遇到任何困难的时候
在平静如水的日子里
只要保持内心的清静
我们就会感到同样的快乐

2002 年 7 月

财　富

每个人都拥有无穷的财富
这是因为每个人
拥有充足的时间与智慧
人们用时间与智慧
孕育出无穷的财富

在地铁车厢里
在大街上
在候机大厅
我总在暗自问着我看到的人们
你是否意识到你拥有的这种财富
是否在流失这种财富
如果你正在流失这种财富
那么千万不可在浪费你的财富的同时
再损耗别人的财富

2002 年 7 月

比　赛

无数双眼睛
跑道
起跑线
终点线
发令枪
对每个选手
一视同仁
汗水
体力
意志
在每个选手身上
展现出最完美的时刻

2002 年 7 月

信号灯

十字路口的信号灯
高高在上
红灯停
绿灯行

十字路口的信号灯
高高在上
对该停的车不亮红灯
对该行的车不亮绿灯
或者什么灯都亮
或者什么灯都不亮
马上就会怨声载道
高高在上的信号灯
就被请下来
或者维修
或者更换

2002年7月

企业精神

企业生产出他人所需求的产品
企业才能生存下去
企业职工的生活水平才能不断提高

企业生产出他人所需求的产品
满足了他人的需求
让他人生活得更好更舒适

企业如果这样做了
那么它拥有的这种企业精神
完全可以被称作是雷锋精神

2002 年 7 月

关于喜悦

风光无限
难道就是喜悦?
辛勤奔波
难道就是忧愁?

风光无限中空无内容,
何喜之有?
凭自己双手养家糊口,
何忧之有?

2002 年 7 月

母亲与孩子

在地铁车厢里
一个母亲抱着孩子
孩子依偎在母亲的怀里
母亲的脸颊轻轻地贴着孩子的小脸
母子俩是多么快乐

这个感人的情景
不仅向四周传递着快乐
也向四周
传递着足以震撼人心的责任

2002 年 7 月

语 言

人
把事物
转化成语言
再用语言传播着事物

所以
听到语言
不能收获语言
而是要收获事物

2002 年 7 月

挑战，向我们袭来

一

当日本首相小泉纯一郎顽固地走进靖国神社
参拜侵略者亡灵的时候，
也就彻底击碎了亚洲各国抱有的善良的幻想。
就是这样一个发动惨绝人寰的侵略战争而
被审判的国家，还在变本加厉地
一而再，再而三地歪曲、美化侵略历史。
就是这样一个被法定永远放弃战争和武力的战败国，
现在已跃居仅次于美国的世界第二大军费开支国，
还修改宪法以“名正言顺”地出兵海外！
就是这样一个所谓“一衣带水”的近邻，
最近发动了对中国的贸易战，
蛮横无理地对中国三种农产品的进口实行紧急制裁。
就是这样一个所谓“礼仪之邦”的国家，
发生了对乘坐日航的九十多位中国乘客严重歧视的
辱客事件！

二

美国轰炸我驻南使馆的野蛮行径引发的愤怒
尚未平息，接着它的侦察机在南海上空

又酿造了一起撞毁我军用飞机的暴行。
而当我军为维护祖国统一反对台独
举行正义的军事演习，
美军的两个航母战群却随即驶向南海
居心叵测地耀武扬威。
美国与日本搞的所谓“防卫合作指针”
针对的就是中国，
现在又与印度、印尼加强军事合作，
矛头还是对准中国！

三

九八年印度尼西亚发生的那场
疯狂洗劫华人财产屠杀华人的反华事件触目惊心！
九八年印度声称为了针对来自“中国的威胁”而
连续进行了五次原子弹的爆炸试验，震惊了世界！

四

挑战，向我们袭来！
那些千方百计移民加拿大、美国、澳大利亚的人
还在乐此不倦吗？
那些忘记民族尊严、崇洋媚外的人还在招摇过市吗？
那些热衷于写性、婚外恋、变态、吸毒的作家
还风光无限吗？
那些沉醉于大话西游、武侠小说、日韩偶像剧的人

还执迷不悟吗？
那些忘记了社会责任而沦为物质欲望的乞丐的人
还自诩富有吗？
……
挑战，向我们袭来！
请我们思考，请我们回答！

2001 年 10 月

正告“台独”分子

曾记否秦桧与吴三桂？
曾记否慈禧与李鸿章？
曾记否袁世凯与汪精卫？
　　永远被钉在历史的耻辱柱上，
　　永远跪在中华民族的面前遭万世唾骂！

从夏、商、周、秦、汉
到唐、宋、元、明、清，
从远古一直到今天，
五千年历史长河浩浩荡荡，
昭示一个铁的真理：
中华民族的利益高于一切，
庄严神圣而不容侵犯，
顺之则昌，逆之则亡！

2002 年 3 月

文　人

文人就是
把看到的、感受到的、想到的
写出来告诉大家
所以，无中生有、无病呻吟
或者妙笔生花
都不是文人所为

2002 年 7 月

对资本主义国家的认识

资本主义国家标榜着自由、民主、博爱
可从中国近代史上
只看到资本主义国家为了自己的私欲
对封建主义中国的主权与领土进行任意践踏
所谓资本主义国家的先进就是武器的先进

2011 年 7 月 21 日

杰　出

没有经历痛苦
怎么才能感悟出真理
没有经历痛苦的锤炼
怎么才能成为杰出的人才
古人云
天降大任于人
必先苦其心志，劳其筋骨

面对痛苦
只有品尝痛苦
面对痛苦
只有战胜痛苦
面对痛苦
方显英雄本色

2002 年 7 月

真　理

真理是简单的，
不会有长篇大论；
真理是朴素的，
不会有华丽的外衣；
真理是沉默的，
不会有动听的歌喉。

真理是无私的，
不会属于哪一个人所有；
真理是无形的，
不会被塑成任何形状；
真理是清静的，
不会在狂热中诞生。

真理是执著的，
不会离开历史长河半步；
真理是无情的，
不会给任何谬误最终得逞的机会；
真理是勤劳的，
创造着一天比一天崭新的世界！

2002 年 7 月

新世纪的风

新世纪的风来了！

它来自巍巍昆仑的山峰，
来自黄土高坡和珠江三角洲，
来自太平洋广阔无边的胸怀，
来自丰泽富饶的欧洲平原。

它升腾着万里长城的雄魂，
奔腾着万里长江的脉搏，
蕴含着充满活力的海洋气息，
散发着鲜艳的郁金香的芬芳。

新世纪的风来了！
它奔向亿万个充满希望的心灵！

1999 年年底

蚕

春天刚到，
桑叶还未长出，
可许多蚕已经从蚕籽中爬了出来，
我找不到桑叶来喂养它们。

这些小小的生命到处爬，
没有吃的，很痛苦。
我很焦虑，
但又没有办法。

我琢磨了很长时间，
终于知道
我没有能力来让这些蚕吃饱。
我只有将它们吹弹到草地上，
让大自然来收留它们。

2008年4月11日

流 行

腐败的东西产生的气味是臭味。
可偏偏有人喜欢吃这个口味，
所以，街上就出现了炸臭豆腐的小摊。

将豆腐做成臭豆腐，
运用的原理是近臭者臭，
将豆腐泡入用臭肉、潲水制作的臭水里染上臭味。

人们喜欢吃臭豆腐，
商贩们就投其所臭，
将豆腐加工成臭豆腐。

2008 年 4 月 24 日

手

脸盆的边上有一层油垢，
我用手沾了点洗衣粉进行擦洗，
油垢立刻除掉。

我欣赏我这灵巧的双手，
用这双灵巧的手我完成了一件很有成效的工作。
我突然发现了人的智慧，
知道人所具备的创造性，
知道人具有巨大的能力。

2008 年 4 月 24 日

本草纲目

前一段时间
我的右手食指上有一小块皮肤发炎，
我有些忧虑。
我想可能是皮肤由于缺少维生素造成的炎症。

中午我剥桔子时，
看到桔子皮很新鲜，
我就剥了一小块桔皮擦了擦我右手食指发炎的部位，
我想这是直接向皮肤补充维生素。

这个办法
我坚持了一个月。
一个月以后
我的右手食指发炎的部位好了。

2008 年 4 月 24 日

用

很多时候，
我们在学习某方面知识的时候，
都觉得这项知识很有用，但
过后就忘记这项知识了，更别说使用这项知识了。

这很可怕，
如果知识不去使用，
不能运用知识解决实践中发生的问题，
那么学习知识就是浪费时间。

2008 年 5 月 14 日

汶川大地震

2008 年 5 月 12 日 14 时 28 分
汶川发生里氏 8 级地震，
强大的冲击波震动了大半个中国。

——惊动！
——行动！

四面八方
救援
成为自觉的行动
立即开始

人员、物资顷刻汇集成滚滚洪流朝汶川涌动！
这是何等的慷慨悲壮，
这是何等的众志成城，
这是何等的气势磅礴！

2008 年 5 月 14 日

多 想

我多想立刻能救出所有被压在断墙残壁之下的同胞们，
我多想大喝一声劈开所有阻塞公路的倒塌山体。

我多想让所有的孩子能从废墟中爬出来，
拍掉身上的尘土，
我多想让所有的老人能从废墟中被人们扶出来，
流下激动的眼泪，
我多想让所有的青年能从废墟中钻出来，腿脚灵活，
加入到救援的队伍中去，
我多想让所有的家庭能在这场劫难中团聚，
拥抱在一起！

我多想让所有的中华儿女心心相印，手手相牵，
共闯难关！
我多想让世界所有的人看到
中国人在灾难面前毫无畏惧！

2008 年 5 月 15 日

汶川大地震，让我们知道了很多

汶川大地震，让我们知道了很多，
知道了天摇地动，
知道了山崩地裂！
知道了倒塌、死亡，
知道了号哭、无奈，
知道了恐怖、悲哀。
知道了人原来是如此的渺小，
知道了大自然发了怒的力量！

知道了没有倒下的人们立即去救那些倒下的人的生命，
知道了哭够了就擦干眼泪相互搀扶掩埋尸体重建家园。
知道了应急救援能力还面临许多恶劣条件的挑战，
知道了应将这场劫难记录成一部使人警醒的历史。

汶川大地震，让我们知道很多，
知道了没有居安思危的可怕，
知道了没有卧薪尝胆的危险。
知道了乐极生悲的结局，
知道了任重道远的使命！

2008年5月23日

应尊重什么人

很多时候，
我们要问一问自己，我们应尊重什么人。

我们凭什么尊重那些不学无术的官员，
如果仅因为他们是官员就尊重他们，
我们不就成了他们的奴才！

我们凭什么尊重那些买通官吏大发横财的商人，
如果仅因为他们财大气粗就尊敬他们，
我们不就成了他们的奴才！

我们凭什么尊重那些金玉其外败絮其中的名人，
如果仅因为他们赫赫有名就尊重他们，
我们不就成为他们的奴才！

我们要用心来看世界，
否则，我们很容易成为他人的奴才！

2008 年 7 月 31 日

水中落叶

水中漂浮着一些落叶
我感到一些伤感
曾经是生机勃勃，青春活力
现在却变成落叶随着河水静静流淌
周围的景色很安静
水面上散发出水的和植物的芳香
河水安然地将这些落叶运向前方
周围仍然是花香鸟语的世界
悲伤的只有落叶
和我的敏感的心脏

2008 年 8 月 7 日

对胜利与失败的认识

在日常生活中
人们总是热衷胜利惧怕失败
胜利的统一标致是欣喜若狂
失败的统一标致是羞愧难当
这两个态度都是自私的表现
态度越激烈自私程度就越大

2011 年 7 月 29 日

人才与伯乐

商人将商品摆放在货架上，
顾客自然过来进行挑选、购买。

人才将智慧使用出来，
爱惜人才的伯乐自然过来挑选、重用。

2008 年 8 月 27 日

教　材

前几天，
一个著名运动员在奥运会赛场临阵退出了比赛，
这几天，一个著名电影明星加入了外国国籍，
明天，可能还有某个著名人士作出什么出格的事。

经常出现一些反面教材是好事，
这些反面教材都是一面镜子，
让大家看到什么事是光彩什么事是耻辱，
让大家警醒自己的言谈举止。

2008 年 8 月 26 日

目　标

人们在苦苦追求某个目标的时候，
总讲是这个目标诱惑了自己。
人们一旦发现这个目标其实令人十分痛苦，
这个目标就不再对人们产生诱惑。
目标还是那个目标，此时不能诱惑人们。
由此而见，
诱惑不是来自目标，而是来自人的内心。

2008 年 8 月 27 日

大 师

如果有一个不知名的人自称是“大师”，
社会上没人理睬这个“大师”；
如果有一个知名人士自称是“大师”，
这个“大师”立刻成为众矢之的，
众人群起而攻之，“板砖和口水齐飞”，
“大师”十分狼狈，
这个场景很有戏剧特点。

2008年9月16日

过一过七十年代的生活

下班回到家里，
不开电视，不开电脑，
吃完饭，
辅导一下孩子学习，
并彻底收拾一下家务，
如将冬装夏装分类整理收藏，
有时间就练习一下书法，
九、十点钟准时睡觉，
第二天早晨起得特别早，精神特别好。
是的，过一过七十年代的生活确实很好。

2008年10月30日

粮　食

路边
有几个民工面对着太阳坐在地上背靠着栅栏
他们手里拿着卷着菜的大饼
大口大口地吃着
眼睛看着前方
从他们吃饭的姿态
我知道了一个很深的道理：粮食是所有人的命

2008年11月3日

素食主义者

远离了鸡鸭鱼肉，
远离了山珍海味，
就远离了灯红酒绿，
就远离了纸醉金迷。

2011年3月

对自身的醒悟

活着，
如何做才使自身达到最高境界，
孔子曰：仁、义、礼、智、信。
老子曰：道法自然。
佛祖曰：不住于相而生清净心。
活着，
必须将这些真理同时掌握，才能达到最高境界。

2008 年 10 月 30 日

学者挨掴

一个著名学者正在签名售书，
一个青年读者利用这个机会打了这个学者一耳光，
声称此举是对这位学者对历史不当言论的回应。
这个青年读者被拘留 15 天，罚款 1000 元。
很多人对这个青年读者的行为表示谴责，
青年读者的这一掌，对学术界不亚于一场地震。

2008 年 10 月 30 日

执守一个观点

用心研究出一个观点，
并用心执著地坚持一辈子，
就可由一个专家变成一个大家，
成为国家的大才。

2008 年 10 月 30 日

因病不回国

最近，温州有一个官员到法国带团考察，
快回国的时候，他突然声称，
腰椎间盘突出病犯了，需要在法国看病，不回国了，
并写了辞职报告。
温州方面派了一个工作组去法国劝他回国，
但他根本不见。
这个官员有没有贪腐问题现在还不知道
但有一点是肯定的
这个官员因为所谓的腰椎间盘突出背叛了他的祖国

2008 年 11 月 3 日

兵　法

走与不走，
集结与分散，
乘车与步行，
粮草先行与破釜沉舟，
先下手为强与后发制人，
欲擒故纵与敲山震虎，
声东击西与将计就计，
攻城掠地与不战而胜，
等等……
只有全都明了这些行为的实践意义，
就可以得心应手统帅三军，
制敌于千里之外，
恰如囊中取物。

2008 年 11 月 3 日

盲人乞丐演奏者

地下通道里有一个盲人演奏者，
他坐着一个小凳上，怀中抱着一个吉它，
面前立着一个架子，上边夹着一个口琴，
还接了一个音箱。
他边弹边吹，十分投入，
每次路过他的时候，
总能听到“同一首歌”或者“爱的奉献”……

今天走进地下通道
却没有听到响亮的吹奏乐曲，
只见他的身边站着一个警察和一个保安，
他闭着双眼，仰着头，
双手摸索着收起音箱上的电线。
现场一片寂静。

2011年3月

蓝 天

湛蓝的清澈的安静的天空
广阔的强大的慈祥的天空

你美丽
蓝蓝的天上白云飘，白云下面马儿跑
你无私
天地所以能长且久者，以其不自生，故能长生
你慈悲
上天有好生之德，天无绝人之路
你无情
天若有情天亦老，人间正道是沧桑
你智慧
人法地，地法天，天法道，道法自然
你勤劳
天行健，君子自强不息
你鼓励自由
海阔凭鱼跃，天高任鸟飞
你奖罚分明
天道酬勤；一分耕耘一分收获；天上不会掉馅饼
你疾恶如仇
朗朗乾坤，岂容邪恶横行；天网恢恢，疏而不漏

你永远年轻
天天都赐予人类崭新的一天

神圣的蓝天
我张开双臂向你虔诚地五体投地

2011 年 7 月

孝 顺

每平米二三万元的房价
对于大多数工薪阶层而言，
要么耗尽自己一生的积蓄
要么耗尽自己一生的积蓄连同
耗尽父母一生的积蓄

这就出现了一个令人十分痛苦的社会现象
买房就不能孝顺父母了
因为大部分钱都孝顺房地产商了

2011 年 3 月

食 欲

胃饿了，
食欲有了，
人就吃饭以填饱肚子，
这是自然的行为。
但这个自然的行为
很容易变得不自然，
因为对某种食物喜爱，
人就有了特别强烈的食欲，
食欲就开始渐渐长大，
菜品由两种变成三种……
饭量由二两变成三两……
胃的容量被逐渐撑大，
胃很难受，身体很难受，
食欲已远远大于胃的正常容量，
且还在增长，很难控制。

2011 年 4 月 7 日

心　理

因为内心对某事惧怕
内心对某事就感到特别惧怕
如果内心对这件事不惧怕
内心对这件事就不感到惧怕

如果我们内心对寒冷惧怕
我们对寒冷就感到特别冷
如果我们内心对寒冷不惧怕
我们对寒冷就感到不十分冷

心理是惧怕还是不惧怕
决定一个人在困难面前
是乐观还是悲观
是坚强还是懦弱

2006 年 12 月 25 日

民族英雄

70 年前
张学良和杨虎城
两个将军怒不可遏
用枪逼着蒋总裁抗日
从那一刻起
中国的军人才成为军人
中国人才成为人

2006 年 12 月 12 日

人 才

将有限的时间
放在很多专业上
是热爱学习的人

将有限的时间
放在唯一的专业上
是出类拔萃的人

2006 年 12 月 25 日

时间逻辑

1937 年 12 月 13 日
凶残的日寇
以及腐败的国民政府的无能
让当时的首都
顷刻断送了 30 万条生命

所以
到了 1945 年日寇被打败了！
到了 1949 年腐败的国民政府被推翻了！

2006 年 12 月 13 日

素质的比较

有一个专家讲
中国国民的素质比日本落后几十年，
可我认为日本国民的素质比中国落后几百年。

日本国民素质最大的症结是具有强盗逻辑，
历史上，日本发动了多次侵华战争，
就是强盗逻辑在起作用，
一直到现在
日本还对侵华历史死不认罪，百般抵赖。

2006年12月20日

个体户

我赞叹
那些蹬三轮车的人
那些卖菜卖水果的人
那些卖袜子手套的人
那些卖花生瓜子的人
那些卖煎饼果子的人
那些摆各种小摊的人

他们勤劳善良智慧勇敢
他们为人民提供了便利
请爱护他们
请尊重他们
请不要驱赶他们
请不要伤害他们

2006 年 12 月 20 日

城　管

今天早晨
天还没有亮
我乘坐一辆摩的去地铁
快到地铁的时候
突然一群城管将摩的团团围住
将摩的扣下
将司机带走

2006 年 12 月 21 日

为物所累

买了汽车，就被汽车所累
买了房子，就被房子所累
买了股票，就被股票所累
一旦又有了新的目标
就想方设法地追求到
再开始被新的目标所累

2011 年 7 月 21 日

观 念

通过自己思考形成的观念
是十分脆弱的
因为很容易受到别人观念的影响

如果能够坚持自己的观念
不受别人影响
也不能说是坚定的
因为观念有可能仅停留在大脑中

只有将观念付诸行动
并一直走下去
才是观念的拥有者

2006 年 12 月 25 日

体　会

看电视的时候，
体会着别人的生活，
却忘记了自己的生活。

静坐听到窗外的喧闹声，
才体会到自己的生活，
才知道自己该如何生活。

2011 年 4 月

经济与国防

经济落后
只不过是少吃点，少喝点，少消费点
这并不可怕

但国防落后
就会有被侵略的危险
这可是是活是死的事情

2006 年 12 月 20 日

形　式

自然朴素的形式中，
往往蕴含着大道理。
奢侈豪华的形式中，
往往没有蕴含什么道理。

2011 年 4 月

史学观

看历史
若用成功与否作标准，
只知道
谁是王侯，谁是贼寇。

看历史
若用道德与否作标准，
就知道
谁是君子，谁是小人。

2011 年 4 月

文 章

一句话能说明白，
却要写出几段文字。
读完这几段文字，
一句话都搞不明白。

2011 年 4 月

名 著

名胜古迹旁边
都立着一个牌子
上面写着
禁止乱写乱画

名著经典旁边
也都应立个牌子
上面写着
禁止乱拍乱演

2011 年 4 月

看与听

看一个人
只看容貌不知内心
就不了解这个人
听人讲话
只听字面不知用意
就不懂讲话的内容

2011 年 4 月 20 日

人

许多案例说明
人在某种条件下
一瞬间
由好人变成坏人
所以，人很可怕
要警惕别人
要警惕自己

2011 年 5 月 20 日

高 铁

高铁用每小时二百五十到三百公里的速度
与飞机每小时一千公里的速度进行竞争
所以高铁造价巨大
京沪高铁的票价已接近甚至超过飞机的票价
如此竞争
高铁面临的经营风险很高

2011 年 6 月 16 日

俗人与贤人

见到权力、名誉、美女、
房子、车子、金钱
动心的就是俗人
见到权力、名誉、美女、
房子、车子、金钱
不动心的就是贤人

2011 年 6 月 24 日

人才的群众基础

一般人
对掌权者怀有敬畏之心，
不敢不拥护他们；
对自己亲近的人怀有喜爱之心，
总是偏向他们；
对做出一定成绩的人才
要么怀有嫉妒之心
反对他们，
要么无动于衷，熟视无睹
远离他们。

2011年6月16日

海 蟹

到海边城市出差
离开的时候
朋友送了一箱海蟹
回到北京
我打开箱子
把海蟹一个个排列在地板
海蟹都活着
但已奄奄一息
我解开捆绑海蟹的绳子
将海蟹一个个装进一个大口袋
走出家门
到几公里外的河边
把海蟹一个个放到河里
我知道海蟹不适合在河里生活
我希望海蟹顺着这条河勇敢地游回大海

2011 年 6 月 2 日

两只鸽子

草地上有两只鸽子在觅食
它们在草地上
走几步啄一下地
抬一下头警觉地看一下四周
再走几步啄一下地
再抬一下头警觉地看一下四周……
它们就这样十分津津有味地觅食
周围是水泥地、马路、高楼大厦
草地小得可怜，能吃的东西越来越少
几千年前这里是森林、草地、花丛、河流……

2011年5月25日

班　车

傍晚，在路边停着一辆小型面包车
忽然从旁边街心公园的树林中
跑出十几个农村妇女，她们一律头戴草帽，
草帽上一律罩着纱巾，纱巾绑在颌下，
像一群越南丛林中的女游击队员
有的手里还拿着剪树枝用的大剪刀
她们冲向面包车
有的从侧门挤上车
有的从后门挤上车
又有几个同样装束的妇女
呼喊着从树林中冲了出来
追随着大部队

2011 年 6 月 16 日

教 育

人为了生存
从事各种实践活动
通过实践活动
发现了各种知识
又通过实践活动
将这些知识用于实践
实现生存的目的
这个完整的过程就是教育

现在的教育很多是应试教育
是填鸭式教育
与生存脱节
与实践脱节
这样的教育自身很需要进行教育

2011 年 7 月 20 日

爱的逻辑

爱一个事物
就会主动投入全部身心
不需要别人的督促
就能将这件事做得很好
不爱一个事物
就会心不在焉，如坐针毡
天天有人督促
仍将这个事情做得很差

学习这件事也是这样
如果爱学习
不用辅导、不用督促
学习十分优秀
如果不爱学习
就是天天辅导、天天督促
学习仍然很差

爱
对学习的爱
是学习好的首要前提
孔子曰：

学之者不如好之者
好之者不如乐之者

2011年7月20日

太阳与月亮

太阳与月亮是人类的老师

每天太阳升起
将光明赐予人类
人类有了光明
有了光明就有了真善美

每天太阳落山
黑暗来临月亮升起
月亮在天上追随着太阳
将太阳的光芒传递给人类
人类在黑暗中有了光明
有了光明就有了真善美

2011年7月20日

雨

雨
天上的泉水
沿着天之渠灌溉着大地

雨
是茫茫云海涌向大地的浪潮
是天空中翩翩舞动的晶莹绸带
是飞流直下三万尺的瀑布
是由天而降奔腾到海不复回的黄河

雨
爱的摇篮
普度的慈悲
垂直的母亲河
窗前的桃花源

雨
是生命的新年
是灵魂的泼水节

2011年7月20日

居安思危

地震、泥石流、海啸、
水灾、旱灾、火灾……
时时冲击着人类家园
每个公民应在平时
牢牢树立一个念头：
当灾难来临的时候，
我就是冲在第一线的战士！

2011 年 4 月 17 日

恩威并至

很多时候，施恩者很难得到受恩者的报恩
当受恩者发现施恩者有利可图的时候
受恩者很可能会对施恩者恩将仇报
人与人　国与国　大都是如此
所以，施恩者应一边施加恩惠，一边施加威慑
才能防止受恩者的负义忘恩

2011 年 7 月 7 日

南沙群岛，请擦干眼泪

南沙群岛
自古就是中国的神圣领土，
位于中国南疆的最南端，
位于北纬3°40′至11°55′，
东经109°33′至117°50′，
北起雄南滩，南至曾母暗沙，
东至海里马滩，西到万安滩，
南北长500多海里，东西宽400多海里，
水域面积约82万平方公里。

美丽的南沙群岛正在哭泣，
很多岛屿已被越南、菲律宾、马来西亚等国侵占。

南沙群岛，
虽然你与祖国大陆相隔茫茫大海，
但祖国的血脉与你永远地牢固相连，
祖国母亲时时刻刻将你挂念。
每一个中国人的心中
都装载着你美丽的身姿，
装载着你辽阔的蓝天和大海，
装载着你的热带雨林和你上空飞翔的海鸥和海燕。

南沙群岛，
祖国母亲正在向你大声呼唤：孩子，妈妈多么爱你！
十三亿双思念的目光从祖国大陆起飞向你云集，
十三亿双温暖的手臂穿过南海紧紧地把你抱紧，
美丽的南沙群岛，你是祖国母亲的掌上明珠！

南沙群岛，请擦干眼泪，
强大的祖国永远是你的坚强后盾，
英勇的中国人民坚决捍卫国家主权和领土完整，
你的每一个岛屿必将升起鲜艳的五星红旗。

2011年7月7日

代后记：诗坛恩师

单立洲

如果说以前是我一个人在诗歌的道路上努力跋涉，那么在我的诗集《诗以载道》的编辑出版这段时间里，有一个诗坛的长者在不断地启迪我，推动我，使我对诗歌的理解有了更进一步的深度和广度，使我更鼓足了诗歌创作的劲头。这个诗坛长者就是作家出版社资深编辑张玉太老师。

记得我第一次将诗稿交给张老师请他赐教的时候，张老师态度十分和蔼地对我说，好，我一定好好看看你的诗集。他宽阔的额头，一双慈祥的眼睛，说起话来不时用诗的语言和节奏，很有韵味，我暗自赞叹，张老师不愧是一位诗坛前辈。

张老师问我诗歌创作的目的和方法是什么，我回答道："诗歌必须是承载道理的，诗歌必须是让人看得懂。"张老师高兴地笑着说："好，咱们的诗学观是一致的。小单，你要坚持下去。现在有些人写诗让人看不懂，这种风气造成了诗歌的衰落。李白、杜甫的诗哪一首人们看不懂啊！"

每次见面，张老师都要送我几本他编辑的诗集，让我学习了解其他诗人的写作风格，还让我上中国诗歌网，了解中国诗歌的发展情况，为我打开了诗坛的窗口。

我知道张老师是一位很出色的诗歌编辑，他曾为《贺敬之文集》、《臧克家评论集》担当过责编，这么多年来，已经为二百多名中青年诗人作嫁衣，出版了诗集，受到诗坛的关注和诗人们的欢迎。

我们几次小聚，张老师经常例举中外的名诗名句，他给我分析什么是意象的营造，什么是诗意的升华。他提到过海涅的《罗累莱》、《星星迈着金脚漫步》，提到普希金的《茨冈》，提到舒婷的《祖国啊，我亲爱的祖国》、《神女峰》，提到艾青的《礁石》，提到赵恺的《第五十七个黎明》，还提到邵燕祥的《到远方去》；当说到公刘的《五月一日的夜晚》，他就情不自禁地朗诵起来。

“天安门前，焰火像一千只孔雀开屏，
空中是朵朵云烟，地上是人海灯山，
数不尽的衣衫发辫，
被歌声吹得团团旋转……

整个世界站在阳台上观看，
中国在笑！中国在舞！中国在狂欢！
羡慕吧，生活多么好，多么令人爱恋，
为了享受这一夜，我们战斗了一生！”

张老师朗诵时兴奋而激动，同时也感染了我。他对诗歌如此痴情，半个世纪前的诗篇，能背诵得如行云流水，使我佩服不已。

一天下午，我正在上班，忽然接到张老师的一个电话："小单，今天晚上有一个诗歌朗诵会在中国大剧院，我搞到两张票，你有时间可以来看看，这是一次诗歌的盛会啊。"听到张老师的话，我心中一阵感动，连忙说："谢谢张老师，我去，一定去。"按照约定的时间，我提前赶到中国大剧院，没想到张老师已经在那等候了，我自责的同时也在感叹，张老师真是平易近人。散场的时候已经是晚上快十点了，望着张老师略显疲惫的身影，我不顾他的反对，执意将他送回家。张老师不辞辛苦，邀请我这个刚认识不久的诗歌新人欣赏诗歌朗诵会，实在令我感动。

我上网浏览了张老师的博客，阅读欣赏了张老师的诗作以及他给别人写的诗评，我感到张老师的诗面向社会，面向生活，朴素自然，生动感人，通俗易懂的诗句中包含着真挚的情感，蕴涵着深刻的思想，令人感情产生共鸣。

我的诗集《诗以载道》最初的名字是《跋涉集》，当诗集快要排版的时候，张老师语重心长地对我说，《跋涉集》这个名字虽然展现了你努力跋涉，积极探索的精神，但新意不够，应考虑再起一个有新意的名字，让读者看到后眼睛一亮。按照张老师提的建议，我回去认真思考了两天，思想终于迸发出灵感，就用本诗集的前言"诗以载道"作为诗集的名字。"诗以载道"不仅是诗集的名字，更是向诗坛提出诗歌创作理念，向诗坛发出的倡议。这个名字意义深远。张老师独具慧眼的建议对诗集起到了画龙点睛的作用。

有人说，编辑是为他人作嫁衣的人，是耕耘者，是甘于奉献的人，他们像蜡烛一样燃烧自己，照亮别人。我很赞同这个说法，我为编辑们这种甘当人梯的伟大品格而折服。但我觉得编辑还具有更高一层的品质，那就是为繁荣和发展祖国的文化事业贡献自己全部力量的崇高精神。他们在编辑发现好的作品的同时，向天下输送好的精神食粮，以此来教化天下。这使我想起了至圣先师孔子。孔子为了教化天下，编辑了拥有三百零五首诗歌的诗集——《诗经》，孔子就是中国最早的诗歌编辑啊。

从张老师编辑了近三百本诗集的丰硕成果中，我看到了他那颗无私奉献的心。张老师不愧为诗神的守护者，诗坛的伯乐。

2011 年 8 月 11 日

图书在版编目（CIP）数据
诗以载道/单立洲著. -北京:作家出版社,
2011.8
ISBN 978-7-5063-6039-5

Ⅰ. ①诗… Ⅱ.①单… Ⅲ. ①诗集-中国-当代
Ⅳ.①I227

中国版本图书馆CIP数据核字(2011)第183095号

诗以载道

作　　者: 单立洲
责任编辑: 张玉太 张语可
特约编辑: 郭　蕾
装帧设计: 石亚超
出版发行: 作家出版社
社址: 北京农展馆南里10号　　邮　编: 100125
电话传真: 86 -10 - 65930756(出版发行部)
86- 10 - 65004079(总编室)
86- 10 - 65015116(邮购部)
E- mail: zuojia@zuojia.net.cn
http://www.haozuojia.com (作家在线)
印刷: 北京明月印务有限责任公司
成品尺寸: 142×210
印张: 9.25
版次: 2011年9月第1版
印次: 2011年9月第1次印刷
ISBN 978-7-5063-6039-5
定价: 24.00元
